독립운동가 숨을 만나다 **2**

독립운동가 숨을 만나다 2

姜笑耳(미경) 수필집

엠-애드

국문학을 전공한 내게 있어 글쓰기는 호흡이다. 문단에 나와 시를 쓰고 수필을 쓰고 평론을 쓰면서 문학의 지평을 넓혀왔다.

서정시집 「별의 계단」, 「새를 낳는 사람들」, 역사시집 「철모와 꽃양산」, 수필집 「유적지, 그 100년의 이야기」, 「독립운동가, 숨을 만나다 1」을 세상에 내보냈다. 「철모와 꽃양산」은 7쇄가 나올 정도로 독자들의 과분한 관심과 사랑을 받았다. 그 시집을 냈을 때 몇몇 동료들은 역사에 대한 글을 쓰는 게 힘든 일이니, 서정적인 글만 쓰라고 했다.
그러나 역사 유적지 여행을 다니는 게 좋았다. 여행의 체험을 차곡차곡 기행문으로 써놓곤 했다.

그 기행수필을 월간 『순국』과 월간 『한국인』에 3년, 4년이 넘게 연재해왔다. 두 월간지에 연재했던 독립운동가들의 역사 유적지 여행기 26꼭지를 「독립운동가, 숨을 만나다 1」에 담아 2020년 1월에 선열들을 기렸다.
연재했던 글 나머지 29꼭지를 「독립운동가, 숨을 만나다 2」에 담는다.

「독립운동가, 숨을 만나다 1」 1, 2부에는 한국의 제주도, 문경 이강년 의병장, 지평 의병, 소난지도 의병, 안동 김동삼 선생, 제암리 학살사건, 포천의 독립운동 역사유적지 기행문을 실었다. 3부에서는 도쿄에서 이봉창 의사, 2·8독립선언, 황거 니쥬바시의 김지섭 의사, 양근환 의사를 다루었다. 4부에서는 대마도 덕혜옹주와 최익현 선생, 후쿠오카의 윤동주 시인, 나가사키 원폭자료관, 조선인원폭희생자추모비, 오카마사하루평화자료관, 노모자키에서 군함도를 보다 등을 다루었다.
「독립운동가, 숨을 만나다 2」 1부에서는 시인(문인)으로서 독립운동을 한 선열들(이육사, 심훈, 윤봉길, 한용운, 이상화, 윤동주)의 유적지를 다루었다. 2, 3, 4부는 부산의 안희제 선생과 박차정 의사, 소녀상(위안부)과 주기철 목사의 신사참배 거부, 안성독립운동, 민영환 선생, 김포의 독립운동, 경주 용담정, 전주 동학농민혁명, 고양시와 서울 근교의 독립운동가 유적지를 담았다.

블랙홀에 빠진 듯, 몇 년 동안 큐슈 섬에만 6번을 다녀와도 모자랐다. 도쿄에 몇 번 다녀와도 또 가야했다. 부산과 제주도도 마찬가지였다. 블라디보스토크, 상해도 마찬가지다. 몇 달이 넘게 걸려서 공부하고 자료를 모으고 직접 여행지에 찾아가서 유적지를 살펴보고 사유한 후에 한 꼭지를 쓰곤 했다.

찾아 다녀도 찾아 다녀도 끝없이 많았던 숨들의 불길. 다 찾아다니지 못하여 글로 써서 세상에 알려드리지 못한 많은 선열들에게 죄송할 뿐이다. 다녀왔으면서도 아직 공부와 독서가 여물지 않아서 쓰지 못한 분들도 여럿이다.

2019년은 3·1운동 기념 100주년이 되는 해였다. 2019년에 독립운동가들에 대한 수필집을 내야한다는 목소리들이 높았다. "3·1절은 해마다 오는 걸요. 100주년에만 기념하고 101주년부터는 그들을 잊을 건가요? 잊어도 되는 건가요?" 라는 나의 대답을 이 책으로 대신하고 싶다.

장엄한 역사의 기적 소리가 시간의 궤도를 달린다.

독립문 창가에서
2020. 8. 15. 시인 강소이(美京)

내 고장 칠월은
청포도가 익어 가는 시절

이 마을 전설이 주저리주저리 열리고
먼 데 하늘이 꿈꾸며 알알이 들어와 박혀

1부

독립운동가를 찾아 떠나는 여행이야기

그의 발자국
─심훈 선생의 필경사에 다녀와서

그녀가 왔었다. 그녀는 여행지 소개 책자를 주고 갔다. 그 책을 무심코 넘기다가 '당진에 가볼 만한 곳'이라는 글을 읽게 되었다. '필경사' 전경이 사진으로 실려 있었고, 당진에 대한 소개가 간단히 되어 있다. 필경사, 왜목마을, 공세리성당과 솔뫼성지는 모두 가보고 싶은 곳이다. 그 중에서도 심훈 선생이 상록수를 집필했다는 필경사엔 꼭 가보리라 마음을 먹었다. 그러나 시간을 뚝 떼어 어딘가로 떠나는 게 쉽지 않은 일이어서 차편만 알아보다가 미뤄지기 일쑤였다. 당진까지 고속버스로 가도 좋았다. 누리로를 타고 아산까지 가서 다시 버스로 당진으로 들어가도 좋았다. 차편 궁리만 하며 떠나지 못하고 1년이 지났나보다. 그러던 중, 겨울인데도 따뜻한 햇살 고운 날 우리들은 드디어 당진으로 가게 되었다. 운전을 해주겠다는 이가 있어서였다. 장거리 운전에 자신이 없는 나는 누군가 운전만 해주어도 그렇게 고마울 수가 없다.

아침 일찍 출발했지만, 서부간선도로를 타고 당진에 도착했을 때는 이미 점심때가 되어 있었다. 점심식사가 중요하지 않았다. 상록초등학교, 상록반점을 지나 필경사에 도착했다. '한 사람의 발자국이 이렇게 큰가?' 라는 생각을 하지 않을 수 없었다. 필경사 근처의 정류장 이름도, 중국집 이름도 초등학교 이름도 모두 '상록' 이다. 심훈 선생이 1935년에 이곳 필경사에서 집필했다는 소설의 제목이다. 그러고 보니, 소설 「상록수」의 배경이 되었던 경기도 안산에 가면, 전철역도 '상록수역' 이라는 이름이 있다고 들었다. 상록수역에서 400m쯤 떨어진 곳에 '최용신 기념관' 도 있다고 들었다. 최용신은 경기도 안산시골 농촌 마을에 내려와 야학에서 한글을 가르치다가 과로로 사망한 실존 인물이다. 그 이야기를 심훈이 신문에서 읽게 되었고, 그는 자신의 장조카 심재영의 삶과 연관지어 이야기로 쓴 것이 소설 '상록수' 다. 자신의 조카도 당진 송악읍 부곡리에 내려와서 야학을 하며 농촌계몽을 하던 청년이었다.

필경사筆耕舍는 붓으로 밭을 가는 집이라는 뜻이다. 심훈 선생이 일본에 좌절하여, 부친이 계신 곳으로 내려온 곳이 충남 당진이다. 처음엔 부친과 한집에 살다가 필경사를 직접 설계하여 손수 지었다고 한다.

우리가 필경사에 도착했을 때는 겨울바람이 매웠다. 바람이 차갑게 옷 속으로 파고들었지만, 심훈의 집을 찬찬히 둘러보는 것을 포기할수는 없지 않은가? 건축에 대해서는 아는 것이 없지만, 팔작지붕의 목조건물이다. 나무 기둥에 황토 흙으로 벽을 붙였다. 초가지붕의 일자형 집이다. 안으로 들어가지 못하도록 자물쇠가 굳게 채워져 있다. 유리문 틈으로 안을 들여다본다. 대청마루를 사이에 두고 방이 두 개 있다. 오른쪽 사랑방이 심훈 선생이 집필실로 썼던 서재였나 보다. 밀랍 인형으로 된 심훈 선생이 키 낮은 탁상에 양반다리를 하고 앉아 있다. 붓을 들고 뭔가를 쓰고 있었던 것 같다. 한 쪽으로는 낡은 갈색 책상도 놓여있다. 기념관에서 보았던 그의 책상과 같은 것이다. 기념관에 있는 모든 자료 중에 진품은 그가 쓰던 책상 하나밖에 없다고 말했던 해설사의 말이 생각난다.

사실, 그는 경기 시흥군 북면 흑석리(현 동작구 흑석동) 출신이다. 16세에 이해영과 결혼을 한다. 소생이 없다는 이유로 이혼, 30세 때 박정옥과 재혼을 한다. 그가 36세라는 짧은 나이에 세상을 떠날 때까지 결혼도 두번 했지만, 그는 시를 쓰고 소설을 쓰고 영화를 만들고, 영화에 직접 배우로 출연하기도 하고 신문사 등에서 일하는 언론인이 되기도 한다. 36년이라는 짧은 생애였지만, 의욕과 열정이 많아서 그랬는지 손을 댄 일도 다양했다. 그러나 그의 36년의 마침표는 필경사 왼쪽에 있는 그의 묘가 말해주는 것 같다. 그의 묘는 봉분도 없이 평장으로 되어 있다. 까만 대리석 위에 "독립유공자 작가 심훈 (본명: 대섭)" 그의 묘비명이다. 그는 독립유공자다.

필경사를 둘러보기 바로 전, 우리는 그의 기념관을 먼저 찾았었다. 필경사와 기념관은 'ㄱ'자 모양으로 거의 붙어있었다. 기념관 앞에 심훈 선생이 멋진 모습으로 서 있다. 책 한권 펼쳐들고. 그리고 '그날이 오면' 이라는 시가 비에 새겨져 있다.

▲심훈 선생의 작품집 모음

심훈 선생 동상▶

그날이 오면
심훈

그 날이 오면 그 날이 오면은
삼각산이 일어나 더덩실 춤이라도 추고
한강 물이 뒤집혀 용솟음칠 그 날이
이 목숨이 끊기기 전에 와 주기만 하량이면
나는 밤하늘에 나는 까마귀와 같이
종로의 인경을 머리로 들이받아 올리오리다
두개골은 깨어져 산산조각이 나도
기뻐서 죽사오매 오히려 무슨 한이 나으오리까.

그 날이 와서 오오 그 날이 와서
육조 앞 넓은 길을 울며 뛰며 뒹굴어도
그래도 넘치는 기쁨에 가슴이 미어질 듯하거든

드는 칼로 이 몸의 가죽이라도 벗겨서
커다란 북을 만들어 들쳐 메고는
여러분의 행렬에 앞장을 서로리다.
우렁찬 그 소리를 한 번이라도 듣기만 하면
그 자리에 거꾸러져도 눈을 감겠소이다

이 시를 읽으면서 시어의 격렬함에서 오는 충격에 머리가 쭈뼛하는 느낌이 들었다. 그가 이 시를 쓴 것이 1930년이다. 일제 강점기였다. "종로의 인경을 머리로 들이받아 올리우리다/두개골은 깨어져 산산조각이 나도 기뻐서 죽사오매…." 라는 표현을 보자. 조국 광복의 날이 오면 이렇듯 두개골이 깨어져 산산이 조각이 나도 좋다는 표현에 숨이 막히는 것 같았다. 또한, "드는 칼로 이 몸의 가죽이라도 벗겨서/커다란 북을 만들어 들쳐 메고는/여러분의 행렬에 앞장을 서로리다" 라는 표현도 얼마나 광복을 염원하는지 보여주는 표현이다. 저항 의지와 독립 열망의 간절함이 이 보다 더 강하게 표현된 시를 본 적이 없는 것 같다. 그 시대를 살던 모든 시인과 문인들이 시대를 고뇌했다. 그리고 시를 썼지만, 이렇게 무섭도록 강렬하게 쓴 시인도 드물었다. 저항시인이라고 불리는 이들의 시에도 이렇게 과격한 시어는 없었던 것 같다. 일본의 감시와 보복이 무서웠기 때문이었을 것이다. 그러나 심훈 선생은 아무것도 무서울 게 없어 보인다. 춘원 이광수와 함께 만주사변을 취재하기 위해 만주를 방문[1]하고 와서 쓴 시였다. 일본이 무자비하게 많은 사람을 죽이고 폐허로 만든 곳을 보고 와서 쓴 시였다. 시어의 격렬함은 일본의 잔학성에 대한 반발과 민족의식의 발로發露 가 아니었을까 생각된다. 이 시를 바로 김구 선생에게 보낸 것만 보아도 그의 시정신이 어디에 있는지를 알 수 있지 않은가?

사실, 심훈 선생이 이런 시를 쓴 것은 한 순간의 분노나 감상이라고 할 수 없을 것이다. 경성제일고보(현, 경기고) 4학년 때 그는 서대문형무소에 8개월 간 투옥된 일이 있었다. 1919년 3·1운동에 참여했다가 나흘 뒤인 3월 5일에 피체되었다. 감옥에서 어머니께 보낸 편지글 '옥중에서 어머니께 올리는 글월'을 중학교 교과서에서 가르쳤던 기억이 난다. "어머니, 무악재 고개 너머 개구리 소리가 들립니다."라는 구절이 생각난다. 19세 된 청년이 어머니에게 "염려하지 말라"고 위로하며, 독립에 대한 의지를 담은 글을 써 보낼 만큼 생각이 깊은 그였다.

그의 기념관을 둘러보며, 해설사 선생님으로부터 들은 내용은 다음과 같다. 심훈 선생은 8개월 만에 풀려났지만, 학교에서 퇴학을 당했다. 그는 가명假名을 써가면서 중국으로 망명했다. 심훈이 한번 먹었던 마음을 하늘은 외면하지 않으셨나 보다. 중국에서 그는 우당 이회영, 단재 신채호, 석오 이동녕, 성재 이시영 선생을 만나 다시 한 번 더 독립 운동의 의지를 갖게 된다. 상해에서도 임시정부 청년들²⁾과 교류한다. 그리고 다시 조선으로 들어왔다가 1926년, 순종(융희 황제)의 국장이 준비 중이던 돈화문에서 「통곡 속에서」를 써서 시대일보에 발표한다. 이 시는 6·10만세 운동의 기폭제가 되어 학생들의 가슴에서 활활 타올랐다. 시 한편의 힘이 이렇게 큰 것이리라.

1927년 영화수업을 받기 위해 일본으로 유학을 떠난다. 귀국하여 영화 [먼동이 틀 때] 원작을 집필하여 감독도 되고 주연을 맡기도 한다. 그의 기념관 전시물들 중에 재미있는 것은 그의 엽서들이었다. 외국 영화 배우들 사진, 특히 여배우 사진이 걸려있는 것을 보면 그가 영화에 얼마나 심취했었는지를 알 수 있다. 그런데, 우리는 여기서 그의 마음이 영화 사랑으로만 몰입했는지를 생각해 볼 필요가 있을 것 같다. 영화 [먼동이 틀 때]를 단성사에서 개봉했었고, 위에서 언급했던 시 「그 날이 오면」을 써서 시집을 내려한 것은 그 이후였다. 일제는 그의 시를 검열 후, 빨간색 삭제 도장을 찍어 출판 허가를 하지 않는다. 그의 소설 「동방의 애인」도 조선일보에서 연재하다가 일본의 검열로 중단된다. 그는 영화와 시, 소설 등 여러 쟝르에 손을 대었지만, 일본의 감시와 검열은 어느 한 쟝르도 녹녹하지 않았다. 사상 문제로 조선일보에서 퇴사한 것도 1932년의 일이었다. 시집 발간도 신문에 장편 소설 연재도 모두 일본에 의해 좌절되었던 1932년 그는 아버지와 조카가 있는 당진으로 내려오게 된다. 그리고 이곳에서 필경사를 짓고 「상록수」와 「황공의 최후」, 「오오, 조선의 님이여」, 「영원의 미소」, 「직녀성」 등의 창작에 몰두한다.

어느 곳이나, 기념관에 가서 해설사의 설명을 듣다 보면, 책에서 얻을 수 없는 재미진 이야기들을 듣게 된다. 재미있었던 것은 심훈 선생이 어디에 집을 지을까 생각하다가 들고 있던 부채를 떨어뜨렸다고 한다. 부채가 땅에 떨어진 방향대로 집을 지었다고 한다. 풍수지리를 볼 줄 아는 분들이 필경사에 오면, 심훈이 단명한 이유를 집터에 두고 있다는 것이다. 집의 방향과 위치가 그리 명당 풍수에 맞지 않다는 것이다. 그래서 그가 단명했다고. 그런데 해설사 선생님은 다르게 이야기해주었다. 공기 맑은 당진 땅에 내려와 온갖 시름을 잊고 집필에만 몰두 했던 심훈 선생님은 그 당시에 건강했다고. 영화배우 같이 잘생기고, 건장한 36세의 젊은이였다고. 「상록수」소설이 대중들에게 호응을 얻고 인기가 높아지자 그것을 영화로 만들어 개봉을 준비했었다고. 배우들 캐스팅도 모두 마친 상태였다고. 개봉을 준비하러 서울에 갔다가 갑자기 장티푸스로 사망하는 것이 말이 되느냐고? 병원에서 발표한 사인死因은 장티푸스였지만, 꼭 그렇지만은 않을 수도 있다는 게 해설사의 주장이었다. 별 증거는 없지만, 많은 사람들은 자신이 주장하는 대로 믿고 있다고 했다. '[상록수]가 개봉되어 사람들에게 끼칠 영향력이 두려운 누군가가 납치하여 사인을 장티푸스로 조작한 게 아닐까?' 한다고. 그 누군가가 누구인지는 상상에 맡기기로 하자. 어쨌든 심훈 선생은 [상록수] 영화가 개봉되기 며칠 전에 갑자기 사망했다. 시로도 소설로도 아니 되니, 영화로라도 전하고 싶었던 그의 말은 그렇게 함구緘口되었다.

우리들은 그를 「상록수」를 지은 소설가로 기억하고 있지 않은가? 그러나 '그날이 오면'이라는 그의 시에서 보았던 것처럼 그의 저술 작품들에는 공통으로 흐르는 한 가지가 있다. 「상록수」소설만 해도 그렇다. 얼핏 보기에는 채영신과 박동혁의 사랑이야기 같다. 그러나 예배당에 아이들을 모아놓고 한글을 가르치다가 주재소로 불려 다니는 채영신을 보자. 그건 항일抗日이다. 한글 사용을 금하고 창씨개명을 시키던 시대에 한글을 가르친다는 것만도 저항이다. 심훈 선생은 소설을 통해서 민족의식을 강조했고 항일과 구국을 이야기했다. 여주인공 채영신이 소설에서 과로(각기병)로 죽고, 박동혁이 장례식에서 오열한다. 영신이 못 다한 일³⁾을 하겠다고 결심하는 소설의 결말이 그 시대 대중들의 가슴에 아프게 파고들지 않을 수 없었을 것이다. 농촌 계몽운동에 헌신하려는 동혁의 의지와 순애보는 대중들의 가슴을 뜨겁게 녹였다.

   지금이나 그 시대나 시詩는 대중들에게 널리 읽히기가 쉽지 않다. 읽는 독자들도 몇 명 되지 않는다. 시 보다는 소설이 더 쉽게 대중들에게 파고든다. 아마 소설보다는 영화가 더 그럴 것이다. 글자를 읽어야 하는 수고를 하지 않아도 되고, 장면들이 시청각 효과를 내며 재미있게 사람들에게 침투된다. 그래서 심훈은 영화에까지 손을 댔는지도 모르겠다. 그러나 심훈의 사망으로 [상록수] 영화 상영은 좌절되고 말았다. 그러나 우리는 안다. 그가 [상록수]에서 하고 싶은 말이 무엇인지를.

> "오오… 너희들은 기나긴 겨울에
> 그 눈바람을 맞구두 싱싱허구나!
> 저렇게 시푸르구나!"
>
> [상록수] 中에서

> 부디부디 백골이나마 이 흙 속에 돌아와 묻히소서
> 어둠은 아직도 창밖을 지키고
> 내 마음은 무거운 근심에 짓눌려
> 깊이 모를 연못 속에서 자맥질한다.
>
> 1926. 「나의 강산이여」 中에서

봄의 서곡을 아뢰라
심금心琴엔 먼지 앉고 줄을 낡았으나마
그 줄이 가닥가닥 끊어지도록
닥쳐올 새 봄의 해조諧調를 뜯으라!

1931. 「봄의 서곡」 中에서

오직 한 가지 길이 남았을 뿐이다
손가락을 깨물어 따끈한 피를
그 입 속에 방울방울 떨어뜨리자!
우리는 반드시 소생할 것을 굳게 믿는다
마지막으로 붉은 정성을 다하여
산 제물祭物로 우리의 몸을
너에게 바칠 뿐이다

1923. 「너에게 무엇을 주랴」 中에서

그의 시 몇 편을 감상해 보았다. 시 전편에 흐르는 국토에 대한 사랑과 광복을 열망하는 마음이 녹아있다. 그는 일본을 향해 폭탄을 던지지도 않았으며, 총을 쏜 적도 없다. 그는 시와 소설, 영화 등 다양한 매체를 통해서 오직 한 가지만을 향해 달렸다.

그는 독립유공자다.

1) 만주 방문 후 이광수는 친일로 돌아섰다고 하고, 심훈은 '그날이 오면' 이라는 시를 썼다.
2) 엄항섭, 유우상, 정진국, 박헌영 등
3) 농촌계몽운동과 한글 교육

시인의 폭탄
─윤봉길 의사를 찾아서

1.

시인은 무관無官의 법관法官이라는 말이 있다. 들꽃 하나의 움직임에도 예민하게 반응하고, 풀 한포기 시드는 것에 가슴 아파하는 게 시인의 감수성이다. 거기서 지나지 않고 불의를 보면 두 주먹을 불끈 쥐고 철권鐵拳을 날려야하는 게 시인의 천명天命이다.

내가 그 시인에 대해 알게 된 것은 초등학교 역사 시간부터였을 것이다. 물통과 도시락 폭탄으로만 알려진 윤우의尹禹儀 선생. 윤우의 선생은 20세에 시집詩集을 세권이나 낼 정도의 문학청년이었다. 그가 지은 한시漢詩가 300여 편에 달하고 그 중 100여 편만이 전해진다고 하지만, 그는 문학청년을 넘어 시인이었다. 그리고 시를 지을 때마다 자신의 별명인 봉길奉吉이라는 이름을 필명筆名처럼 사용했다. 해서 윤우의尹禹儀는 윤봉길이 되었다. 그는 시인으로 정식 등단을 하지 않았고, 그 당시 문학청년들이 참여했던 어떤 동인지同人誌에도 들어간 적이 없다. 오치서숙에서 성주록成周錄선생에게 한문학을 배웠고, 시가 좋아서 시를 지었을 뿐이다. 그가 시집을 묶었을 때는 먹을 것조차 부족하여 나라 전체에 궁핍이 극심한 때였다. 그런 때에 시집을 세권이나 묶었다는 것은 그의 문학에 대한 애착과 애정이 어떠했는지를 보여준 일이다. 요즘도 쌀이 되지 않고, 밥이 되지 않는 게 시집 발간이다. 그는 손익계산을 모르는 순수한 영혼의 소유자였던 것 같다.

햇살이 매우 따가운 어느 여름날이었던 것으로 기억된다. 충청도 예산에 여행을 간 적이 있었다. 추사고택과 화순옹주 정려각을 둘려보고 수덕사로 향하는 길이었다. 〈윤봉길 생가〉, 그의 사당인 〈충의사〉 표지판 앞을 지나게 되었다. 수덕사로 가려던 발걸음을 돌려 뭔가에 사로잡힌 듯 그의 발자취를 둘러보았다. 그가 태어났다는 〈광현당〉, 그가 유년 시절을 보냈다는 〈저한당〉, 야학을 했다는 〈부흥원〉, 〈도중도島中島〉를 혼자 둘러보았다. 함께 여행길에 올랐던 친구는 구지 수덕사로 가야겠다고 하여 나 혼자 외로운 발걸음을 타박타박 옮겼던 기억. 청년 윤봉길 의사의 동상 앞에서 "왜 그러셨어요? 24세 꽃나이에? 임신 9개월째인 만삭의 아내와 어린 아들, 부모를 두고⋯. 왜요?"라고 그에게 물었다. 지금도 그 때의 먹먹했던 심정이 고스란히 상기되며 그 때의 쓸쓸함이 되살아나는 것 같다. 방문객이 거의 없었던 한적한 그의 옛집에서 나 혼자 8월 뙤약볕 아래서 머릿속이 실타래처럼 엉키는 혼란이 몰려왔던 기억. 뙤약볕 아래 무궁화가 담장을 두르고 있었고, 아침을 거르고 새벽에 출발하느라 분주했던 그 날. 쓰린 속을 초콜릿 몇 개로 달래면서 나는 윤봉길 의사 보다 그의 아내 배봉순 여사를 더 많이 생각했다. 배여사는 16세에 한 살 연하인 윤봉길과 결혼하여 남편과 함께 산 것은 불과 6~7년, 25세에 남편을 잃었다. 1988년 82세 일기로 세상을 떠날 때까지 57년을 남편 없이 살았다. 독립투사의 아내라는 이름 하나 붙잡고…. 2만 8백 5일 정도 되는 긴 나날들이다. 2남 1녀를 두었지만, 윤 의사 생전에 딸을 일찍 여의었다. 둘째 아들이 유복자로 태어났지만, 그 아들도 영양실조로 두 살 때 잃게 된다. 그 당시 독립운동가의 집에 탄압이 심했고, 그 집에 떡 하나 갖다 주는 것도 일제의 감시가 극심하여 그의 가족은 궁핍했고, 젖이 돌지 않아 둘째 아들을 영양실조로 잃었다고 한다. 어떤 기록에는 아홉 살 때 복막염으로 죽었다고 전하기도 한다.

배여사는 남은 아들 하나 바라보며 시부모를 극진히 모신다. 윤봉길 의사가 그녀에게 남겨준 숙제였다. 사실, 윤봉길은 파평 윤씨 집안에 장남이었다. 부모를 잘 봉양하고 제사를 잘 모셔야하는 제주祭主이기도 했다. 고려 때 명장이었던 윤 관의 후손이다. 뼈대 있는 집안 장남이 마땅히 해야 하는 일들…. 그것은 배봉순 여사의 몫으로 돌아왔다. 일제의 탄압으로 윤 의사의 아들은 학교에서 따돌림을 받고 학교에도 제대로 다닐 수 없었으며, 아버지 없는 편모슬하에서 커야했다. 사랑에 굶주린 가족들. 윤 의사의 빈자리는 뻥 뚫린 지붕과 같았을 것이다. 그리고 날마다 이어지는 일본경찰들의 가택수색-칼을 철커덕거리며 구둣발로 방마다 뒤지고 다니며 위협받던 시간들[1]…. 그녀가 견뎌야 했던 무섭고 괴로운 나날은 칼바람 부는 겨울보다 더 매웠을 것 같다.

독립투사들의 집안 형편이 모두 어려웠듯이 윤 의사의 남겨진 유족들도 마찬가지였다. 해방 후 백범 김구의 아들(金信 장군)이 교통부장관으로 있을 때, 그의 알선으로 김포공항에서 스넥 코너를 하며 어렵게 1남 6녀를 키워냈다는 김옥남金玉南씨-윤 의사의 며느리-의 증언이다. 여기서, 윤 의사의 가족이 겪었을 칠흑의 시간들을 생각해 보자. 가족에게 그런 고통을 선물하고자 윤봉길 의사는 중국 망명길에 올랐었겠는가를.

고향 예산에 남아있었어도 일제의 감시와 간섭은 끊이지 않았을 것이다. 하여 그는 중국 망명길에 올랐고, 다시는 가족에게 돌아오지 않았다. "장부출가생불환丈夫出家生不還"이라는 그의 편지는 자신의 앞날을 각오한 소치였을 것이다. 고향에 남아 있었어도 결코 평탄하지도 편안하지도 못할 자신의 앞날을 내다본 결단이었을 것이다.

그러나 그를 생각하면 가슴이 아린다. 아리지 않을 사람이 없을 것이다. 몇 년 전 충의사-윤봉길 의사 사당-를 찾았던 예산 여행을 다시 상기해 본다. 계단을 여러 개 올라가서야 그의 영정을 볼 수 있었다. 향 꽂고 묵념을 올리고 그의 영정을 물끄러미 바라보고 있을 때, 계단을 올라오고 있는 젊은 아빠를 본 적이 있다. 어린 딸을 데리고 충의사를 찾은 그 사람의 얼굴은 전혀 기억이 나질 않는다. 어디에 사는 누구인지도 알 길이 없다. 다만, 그 때 윤봉길 의사를 기리기 위해 그곳을 찾은 사람이 있었다는 것, 묵념을 마치고 계단을 내려올 때 입구에 들어서는 20대 남녀도…. 중요한 것은 그를 기리는 이의 발걸음이 이어지고 있다는 것이다.

그 발걸음들은 그의 동상 앞에서 내가 물었던 "왜?"라는 질문에 대한 해답 같았다. 윤봉길 의사가 후대에 기려지고 존경을 받고 싶어서 그런 일을 했겠는가? 일본 수뇌부 장교[2] 몇 명 처단하여 독립 영웅이 되고 싶다는 풍선 같은 영웅심으로 자신의 가족을 버렸었겠는가?

교과서에서만 배웠던 윤봉길 의사의 흔적을 보고 왔던 그해 여름, 나는 시 한편을 짓지 않을 수 없었고 내 개인시집 「철모와 꽃양산」 73

쪽에 수록을 하고 여·저기에 발표를 했던 기억이 있다.

그리고 2012년 중국 상해여행 때 임시정부를 방문하고 받은 충격이 또 가슴을 미어지게 했다. "태극기 앞에서 김구 선생과 윤 의사가 폭탄 던지는 연습을 수차례 했었다"는 기록을 읽으면서, 충남 예산 그의 기념관에서 읽었던 설명들이 겹쳐지며 눈물이 왈칵 쏟아졌다. 그러나 내 눈물은 한낱 감상에 불과한 일이었을지도 모른다. 그들이 찾아준 광복-독립된 나라, 대한민국 국적을 가진 여행객으로 흘리는 아픈 눈물. "미안하고 고맙다"는 마음 밖에는…. '그대들이 중국 땅에서 눈치 보며 독립운동을 해준 노력의 대가로 대한민국 국적을 갖고 여길 찾아왔다'고 눈물로 고마워했던 상해 여행.

그날 나는 알 수 있었다. 예산 기념관에서 읽었던 문구 중에 "1929년 2월 부흥원 낙성식을 치루면서 윤 의사가 '토끼와 여우'라는 아동학예회 연극을 공연했고, 그것을 계기로 윤 의사가 주재소로 불려가 취조를 당하고 협박을 받기 시작했다"는 것을. 일본 제국주의 강압통치를 비판하는 내용이었으니 당연한 결과였을 것이다. 그 후 윤 의사가 예산에서 벌였던 농촌계몽운동이나 야학 등의 모든 일들은 일제의 간섭과 감시의 도마 위에 있었다. 주재소로 불려가 문초를 당하기 일쑤였다. 자신이 신념을 갖고 하는 일에 누군가의 제재를 당한다면 그것을 반가워할 이가 누가 있겠는가? 윤봉길 의사처럼 감수성이 예민하여 시를 쓰는 올곧은 성정을 갖은 사람에겐 몹시 괴로운 일이었을 것이다. 어떤 이들은 일제의 총칼이 무서워서 눈치를 보며 자신의 신념을 접었을 것이다. 혹은 일제의 앞잡이 노릇을 하며 내려주는 은사금으로 호의호식하며 함포고복含哺鼓腹을 누렸을 것이다.

그러나 시인 윤봉길은 달랐다. 관官을 쓰지 않았으나 법관法官보다 우위에 이상理想을 가진 자, 윤봉길 시인. 아닌 것은 아니라고 하고, 옳은 것은 옳다고 할 줄 아는 참 시인 정신을 가진 이가 윤봉길 시인이었다. 그런 윤봉길에게 이흑룡의 상하이행 권유는 그의 운명의 지침을 바꿔놓는 활시위가 되었다. '대한독립군단 특수공작원' 증명서를 보여주며 이흑룡은 윤 의사에게 직접적인 독립운동에 나설 것을 권한다. 농민계몽운동이나 생활운동은 간접적인 방법이며 일제의 간섭만 성가실 뿐이라는 것을 직파했을까? 1929년 11월 3일 일어난 광주학생운동도 선생의 결심에 영향을 주었다고 한 기록은 말해주고 있다. 1929년 12월 16일 함흥수리조합 일본인들이 조선인 3명을 타살한 사건이 있었다. 이 날 일기에 "아! 가엾어라. 이 압박 어느 날 갚을는지?"라고 기술했고, 1930년 3월 6일 새벽에 중국 망명길에 오른다. 조선인의 타살사건을 보며 분개하지 않았을 조선인이 누가 있었겠는가? 분개한 사람들이 모두 윤의사처럼 망명길에 오르고, 김구 선생을 찾아가 "나라를 위해 목숨을 바치겠다"고 행동으로 옮기지는 않았다.

집을 떠나던 날, 아내에게 "찬물 한 그릇 달라"고 해놓고 부엌에서 일하는 아내의 뒷모습을 한참 바라보다가 장도長道에 올랐던 윤봉길 선생. 떨어지지 않는 발길이었을 것이다. 그의 발길은 만주, 중국 청도를 거쳐 1년 2개월 만에 상해에 도착한다. 1931년 5월의 일이었다. 1930년 3월 만주로 망명하던 도중 선천宣川에서 미행하던 일본 경찰에게 붙잡혀 45일간 옥고獄苦를 치루기도 했지만, 그 옥고도 그의 발걸음을 막지 못했다. 1931년 중국 칭다오靑島에서 세탁소 직원으로 일하면서 독립운동을 모색하다가 1931년 8월 상해로 이동했다. 그리고 그해 겨울부터 김구 선생을 찾아가 독립운동에 목숨을 바칠 각오를 전하기 시작, 그곳에서 야채 장사로 가장하여 일본군의 정보를 탐지하기도 했던 윤봉길 시인. 그는 가는 곳마다, 겪는 일마다 글을 남겼다. 1932년 4월 29일 홍커우 공원에서 거사를 행하기 바로 전날 미리 공원을 답사하여 예행연습을 하는 치밀함도 있었다. 단상을 향해 폭탄을 던질 위치를 정하고, 던질 각도를 생각하며 연습 후 공원을 나오면서 그는 또 한 편의 시를 짓는다. 공원에 나 있는 잡초를 보고도 그냥 지나치지 못하며 자신의 심정을 술회했던 시인 윤봉길.

방초
윤봉길

처처한 방초여
명년에 춘색이 이르거든
왕손으로 더불어 같이 오게

청청한 방초여
명년에 춘색이 이르거든
고려 강산에도 다녀가오
다정한 방초여
금년 4월 29일에
방포일성으로 맹세하세

또한 고국에 있는 두 아들에게도 유서처럼 시 한편을 남긴다.

강보에 싸인 두 병정에게

윤봉길

너희도 만일 피가 있고 뼈가 있다면
반드시 조선을 위해 용감한 투사가 되어라.
태극의 깃발을 높이 드날리고
나의 빈 무덤 앞에 찾아와 한 잔 술을 부어 놓아라.
그리고 너희들은 아비 없음을 슬퍼하지 말아라.
사랑하는 어머니가 있으니
어머니의 교양으로 성공자를
동서양 역사상 보건대
동양으로 문학가 맹자가 있고
서양으로 불란서 혁명가 나폴레옹이 있고
미국에 발명가 에디슨이 있다.
바라건대 너의 어머니는 그의 어머니가 되고
너희들은 그 사람이 되어라.

그 시에도 그의 가치관과 신념이 다 들어간 듯하다. 살신성인殺身成
仁이라는 말이 있다. 윤봉길 시인을 생각하면 그 성어가 떠오른
다. "자신의 몸을 죽여 인-의義를 이룬다"는 뜻이다.

2.

며칠 전, 양재동에 있는 '매헌 윤봉길 기념관'을 방문했었다. 그날
도 영하의 칼바람이 볼을 때려대는 날씨였다. 관람객이 별로 많지 않
은 썰렁했던 기념관. 난방기조차 약하게 돌고 있어서 실내 공기도 차

가웠던 그 날. 거기서 보았던 사진 몇 장이 우리 일행을 더 춥게 했다.

'가나자와市 미고우지 육군공병 작업장'[3]에서 총살당하는 모습의 사진. 두 눈을 헝겊으로 가리고 무릎을 꿇린 채 보잘 것 없는 나무판자에 십자형으로 양팔이 묶인 채 당한 총살. 1932년 12월 19일 아침 7시 30분에 울린 총성銃聲. 최후까지 그에게 고통을 주려고 심장을 쏘는 대신 양미간 중앙을 쏘았고, 윤 의사는 13분 간 괴로워하다가 숨을 거두었다는 해설사의 설명이다. '가나자와지 공동묘지' 인근 쓰레기하치장에 봉분도 없이 평장平葬으로 암매장되었다. 아니, 일본은 시신을 수습하지도 염도 하지 않은 채 쓰레기를 처리하듯 그렇게 윤봉길 의사를 땅 속에 버리고 흙을 덮었다. 십자 나무틀에서 내리지도 신발을 벗기지도 않은 채 버려진 것이다. 해방이 되어 1946년 3월, 김구 선생이 윤 의사의 유해를 발굴해낼 때까지, 쓰레기를 버리러 오가는 일본인들이 윤 의사를 밟고 지나다녔다. 그의 유해가 1946년 6월 16일 고국 땅으로 운구 되어 7월에 국민장으로 장엄하게 장례식이 치러지고 효창공원에 모셔질 때까지는 14년이 걸렸다.

양재동 기념관에서 보았던 또 다른 사진 한 장-홍커우 거사가 있던 날, 현장에서 피체되어 폭행과 발길질을 당했던 윤 의사의 피범벅이 된 얼굴, 일경日警에 끌려가는 사진…. 기념관에 다녀온 날 나는 잠을 이룰 수가 없었다. 윤 의사가 중국 감옥에서 오사카로 후송되어서도 받았을 모진 고문들이 상상되었다. "누가 시켰느냐?" "시킨 사람은 아무도 없다. 나 혼자 한 일이다." 를 반복하면서 그에게 가해졌을 살 찢기는 형벌은 짐작이 되고도 남질 않는가? 1932년 4월 23일 임시정부의 비밀 의열단체인 '한인애국단' 에 입단을 했다는 것도 함구했다.

YONHAPNEWS

사진출처: 연합뉴스

장부출가생불환

배봉순 여사
(사진출처: 연합뉴스)

윤봉길 의사 영정

윤봉길의 저서
(漢詩集)

김구 선생이 김홍일 장군에게 지시하여 송식표 장군 지도하에 폭탄을 제작했다는 것도. 열 번이 넘게 폭탄 실험을 반복하며 사전에 미리 계획된 일이었다는 것도. 1932년 4월 29일 홍커우 공원에서 있을 춘장절[4]과 상하이 사변 전승 축하식[5]이 미리 있을 것을 김구 선생의 주관 하에 임시정부 요인(이동녕, 이시영, 조소앙 등)의 동의 하에 폭탄을 투척했다는 것도 그는 함구했다. 참혹한 고통의 실뭉치를 혼자 떠 앉은 시인 윤봉길.

그러나 25세 꽃청년의 헌신으로 중국정부의 홀대를 받던 임시정부[6]는 중국의 협조와 후원을 얻게 되었다고 역사는 기록하고 있다. 또한 카이로 회담에서 중국이 미국 등을 설득해 조선의 독립 추진조항을 합의하게 한 것도 윤봉길 의사의 공헌이라고 역사는 말한다.

거사巨事 당일, 6원을 주고 샀던 새 시계를 김구 선생의 낡은 2원짜리 시계와 교환하는 윤봉길 시인이었다. 자신에게 남은 시간은 이제 1시간밖에 남지 않았음을 강조하며…. 또한 자신이 갖고 있던 돈을 모두 김구 선생에게 건네준다. "돈을 좀 가져가는 게 좋지 않겠소?" 라는 말에 "차비를 하고도 5~6원이 남습니다." 라고 답변했다고 백범일지에서 김구 선생은 회고하고 있다. 그가 소유하고 있던 것은 낡은 지갑에 헐한 지폐 한 장과 동전 몇 개가 전부였다. 그가 소유하고 싶었던 것은 물질이 아니었다. 그가 원한 것은 오직 한가지였다. 오늘날 우리들은 자신의 손에 뭔가를 가득 움켜쥐려 한다. 자신의 가방에 뭔가를 꾸역꾸역 눌러 담으려 한다. 소유를 최상의 가치로 여기고 사는 물질만능주의 시대를 살고 있는 우리들이다.

윤봉길 의사는 매화 향기 짙은 메시지를 우리에게 남겨주었다. 충남

예산 윤봉길 생가와 기념관, 상해임시정부, 양재동 매헌 기념관에서
보았던 청년의 아름다운 선택. 아닌 것을 아니라고 절규했던 시인의
폭탄이 우리들 가슴마다 오늘도 기억되어야할 것이다. 연인이 보내는
문자메시지처럼.

의사義士 윤봉길

姜笑耳

의사義士 태어나신
광현당에 따가운 8월 햇살 꽂히고
도중도島中島라 일본 순사 피해
야학하던 툇마루에 앉았더니
무궁화 울타리 두른 미루나무
매미 소리 뜨겁구나
선생 가르치는 글 따라 읽고 있는가
저 매미들
연못 위 하얀 연꽃에
넋이라도 서려난 듯

선생 남긴 지갑엔
남루한 지폐 한 장과 동전 9개뿐

중국 홍커우 공원에
왜놈 천황 탄일 축하하려 물통 던진
짙붉은 무궁화 마음

금쪽 자식, 어린 꽃아내 보다
나라가 먼저였나 보오 당신은

제 밥그릇 꾹꾹 눌러 담은 가방 속에서
무궁화 내던져 으깨버리는 우리네
소인배 시뻘건 눈

저만큼 돌아 돌아서 온 나는
충의사忠義祠 당신 사당 앞에
허리 꺾어 무궁화 한 송이 올리고 싶소

- 〈철모와 꽃양산〉 73쪽

* 광현당 : 매헌 윤봉길 義士(1908. 6. 21.~1932. 12. 19.)가 태어난 곳. 충남 예산군 덕산
   면에 있음.

1) 〈털어놓고 하는 말 1〉 (뿌리 깊은 나무, 1978년 발행)에서 인용
2) 일본군 점령군 사령관 '시라카와(白川義則)' 대장, 상하이 거류민단장 '가와바타' (河
   端貞次)가 폭사되고, 제3함대 사령관 '노무라' (野村吉三郞), 제9사단장 '우에다' 등
   이 중상을 입음.
3) 홍커우 공원에서 윤 의사에게 폭살당한 '시라카와' 대장이 사단장을 지냈던 9사단
4) 일왕의 생일 축하 잔치
5) 1932년 일본 승려들이 중국인들에게 폭행한 사건을 계기로 일본이 중국 본토에 해군
   육전대 공군 전력을 상해에 상륙시켰던 침략, 중국으로서는 국가적인 치욕이었음.
6) 그 당시, 재정이 어려워 임시정부 청사의 월세도 내지 못하던 상황이었으니 중국의 홀
   대는 당연한 것이었다. 윤봉길 의사의 의거를 장재석은 중국의 백만대군도 해내지 못
   한 일을 조선 청년이 해냈다고 극찬했다.

만해 한용운을 찾아 나선 네 번의 여행

'님' 이라는 말은 떠올리기만 해도 마음이 설레는 단어이리라. 그런데 성북동과 설악산과 남한산성을 두루 찾아다니며 만났던 그에게 있어서의 '님' 은 다채로운 뜻을 가진다.

"님만 님이 아니라, 기룬 것은 다 님이다." 라고 그는 그의 시집 「님의 침묵」 서두에서 님의 뜻을 정의하고 있다. 사랑하는 애인만 님이 아니라 그리워하는 것은 모두 님이라는 것이다.

내가 그의 이름을 처음 접한 것은 고등학교 교과서에서 였으리라. 스님이었다는 분의 시에 "날카로운 첫 키스는 나의 운명의 지침을 돌려 놓고…" 라는 표현이 꽤 범상치 않게 느껴졌었다. '스님이 어느 여인과 키스를 해보았기에 이렇게 감각적인 표현을 했을까?' 의아하게 여겼던 여고생의 궁금증은 대학의 국문과 현대시 강론 시간에도 풀리지 않는 수수께끼였다. 다만, 그의 시는 김소월 보다 남성적이면서 진취적이고, 확장의 공간의식을 갖는다는 것, 민족의식을 메타포와 비유로 감추고 있다는 것을 배운 것이 전부였다. "만해의 시와 소월의

시에 나타난 공간의식을 비교 분석하여 논하라" 라고 나왔던 중간고
사 시험문제가 또렷이 생각날 뿐 만해는 기억의 창고 속에 꼭꼭 숨어
있는 입자 중에 하나였다.

그리고 학교에서 '나룻배와 행인' 과 '님의 침묵' 을 가르치면서도
그는 여러 시인 중에 한 분이셨으며, 스님이며 독립운동을 했었다는
것이 내 지식의 전부였다.

그런데 얼마 전 서대문 독립공원을 산책하다가 서대문형무소 벽에
붙어 있는 사진을 우연히 보게 되었다. A4용지 크기에 담긴 청년의 표
정에서, 뭔가를 노려보는 듯한 표범의 얼굴이 보였다. 다른 독립지사
들과 달리 그의 표정은 반항심이 가득한 저항의 눈빛을 하고 있었다.
그 사진의 눈빛은 만해에 대해서 더 자세히 알고 싶다는 생각을 갖게
했고, 성북동에 있는 심우장을 찾아가게 했다. 심우장은 그의 나이 55
세 때, 조선총독부를 보기 싫다고 북향으로 그가 직접 지은 집이라는
설명을 읽을 수 있었다. 한성대역에서 내려 마을버스를 타고 올라갔
던 좁은 골목길 끝에 자리하고 있던 심우장에서 느꼈던 여러 느낌들
이 다시 설악산 만해 문학관을 두 번이나 찾게 했다.

처음 그의 문학관을 찾았을 때는 3월인데도 폭설이 내려 문학관에
서 한기가 느껴졌다. 문학관 유리벽 밖에 도포를 입고 서 계신 만해 선
생의 동상도 눈을 맞고 있었다. 그가 살아냈던 시린 시대가 아프게 다
가오는 느낌이었다.

6월에 다시 여러 문인들과 함께 찾은 만해문학관. 두 번이나 방문했
어도 그의 일생을 총체적으로 느끼고 이해하기란 쉬운 일이 아니었나

보다. 글을 써야겠다고 마음먹었으나 써지질 않았으니 말이다. '만해 선생에 대해 더 깊이 공부하고 사유해 보리라' 마음먹고 8월에 다시 전철을 타고 그의 기념관이 있다는 남한산성을 찾아 나섰다. 만해를 찾아 나선 네 번째 행보行步다. 이곳에서는 반드시 만해에 대한 글감을 얻고 싶다는 간절한 염원을 갖고 나선 길. 산성역에서 내려 9번 마을버스를 타고 종점에 내리니 기념관이 남한산성 행궁과 5분 거리에 자리하고 있다.

기념관에 들어서자 만해 문학관에서처럼 관람객은 우리 일행뿐이다. 관장님에게 설명을 요청해서 자세한 말씀을 듣고 메모하는 것도 잊지 않았다. 관장님의 설명 후에 혼자서 기념관을 다시 찬찬히 살펴보고, 설명을 읽어보고 그렇게 만해 한용운 선생의 발자취를 하나하나 더듬어 보았다.

작년 겨울에 경상북도 영양에 있는 조지훈 시인의 문학관에 들렀을 때의 일이다. 조지훈 시인이 만해 한용운 선생에 대해서 연구하여 연구문집을 엮은 것이 몇 권 전시되어 있는 것을 본 기억이 있다. 만해에 대한 연구를 하는 사람이 많다는 말을 들었다. 조지훈 시인도 그 중에 한 분이셨다. 조지훈 시인이 불교적인 시세계를 갖고 있었으니, 한용운에 대해 관심이 많았던 것은 당연한 일이었을지도 모른다. 그런데 왜 이렇게 한용운 선생에 관한 연구가 많은 걸까? 그리고 그에 관해서 기념하는 곳이 이리도 많은 것일까? 충청도 홍성에 그의 생가, 설악산 백담사에 머물렀던 것을 기념하느라 백담사 근처에 만해마을 내에 만해문학관, 성북동에 그가 살던 심우장, 심우장에 있던 기념관을 이곳

남한산성으로 이전하여 남한산성에도 기념관이 따로 있다. 그를 연구하고 공부하려면 몇 군데를 찾아다녀야 하는 노릇이다.

1879년에 태어나서 1944년 사망하기까지 두 세기를 걸쳐서 구한말과 일제강점기라는 근대사의 격랑激浪의 소용돌이를 살아내야 했던 5척 단신의 남자. 그는 시대의 소용돌이 속에서 무력한 자신을 발견하고, 27세에 설악산 백담사에서 승려가 된다. 그러나 그는 14세 때 부모의 주선으로 전정숙과 결혼하여 아들까지 둔 몸이었다. 가정에 맘을 붙이지 못하고 출가하여 결국 승려가 되었으니 전정숙과 아들(한보국)에게는 무책임한 가장이며 아버지였다고 누군가 비난할 만하다. 훗날 그의 아들이 찾아왔을 때도 만나주지 않았다는 이야기가 있는 것으로 보아, 승려가 되기 전 속세와의 인연을 잊고 승려의 길을 갔다고 해두자. 그러면, 그가 갔던 길에 대해서 우리 후손들은 깊이 공부하고 살펴 볼 일이다. 부인과 아들을 버리고 그가 갔던 길에 대해서 궁금하지 않을 수 없기 때문이다.

백담사에서 승려가 된 후, 스승 김연곡 스님의 도움으로 양계촌의 「음방실문집」과 「영환지략」을 읽고 세계정세와 서양철학에 관심을 갖고 세계 일주 여행을 계획, 세계를 배우고자 시베리아 행을 결심, 블라디보스토크에서 죽을 고비를 넘기고 귀향, 2년 후 사찰대표 52인의 한 사람으로 일본 각지를 돌아다니며 신문명을 시찰, 견문을 넓힌다. 이런 다양한 경험이 그의 사상 형성에 큰 영향을 미쳤고, 일본 여행에서 만난 최린과 교류하기 시작했고, 최린과 함께 3·1독립운동을 함께 하는 인연의 고리가 만들어지게 된다.

한일 합방 후, 우리 독립군의 훈련장을 순방하면서 그들에게 독립정신과 민족혼을 심어주는 일에 전력, 독립군 군관학교, 만주, 몽골, 시베리아를 방문하기도 한다. 세계 여행을 통해 사고가 확장되고 자유로운 생각을 해서였을까? 결혼을 했던 체험과 기억의 인자 때문일까? 그는 승려도 결혼해도 된다는 대처승 제도를 허용해 달라고 조선총독부와 불교계에 청원하지만 두 번이나 묵살당한다.

하지만, 그는 독립운동과 저술 활동, 투옥과 석방 등의 젊은 시절을 보내고 55세에 19세 연하의 유숙원과 재혼한다. 그 이듬해 딸 한영숙을 낳고 그의 대처승 주장을 이룬다. 그가 이룬 여러 가지 불교 승려로서의 업적과 문학인으로서의 업적, 독립운동가로서의 업적이 많음에도 그는 불교 조계종 종단에서 환영받지 못하고 껄끄러운 존재였다. 다만 일부 불교 개혁을 추구했던 운동권 승려 그룹과 재가불교청년단체에서만 한용운을 찾았을 뿐이다.

남한산성 기념관에서 만난 그 남자

　그를 만나고 싶다는 열망을 갖고 다시 남한산성을 향해 출발, 8호선 산성역에서 내려 마을버스로 이동하여 그의 기념관을 찾았다. 텅 빈 곳에 그곳을 찾은 이는 우리 일행 둘뿐이었다.

　기념관 관장님에게 설명을 청하여 들으면서, 심우장에서 보았던 것이나 인제 문학관에서 보았던 것들을 복습하는 착한 학생이 되어 또 한 번 만해에게 손을 내밀어 본다. 기념관은 그리 넓지 않았다. 둘러보는 데는 그리 오랜 시간이 걸리지 않았다. 이제야 만해가 내게 다가오는 느낌이었다.

　부모의 주선으로 결혼을 한 14세의 소년. 아들까지 낳았지만 그는 집을 나와 이 절 저 절을 떠돌며 불경을 공부한다. 한 가정의 가장으로나 남편으로는 빵점이었다고 누군가 책망할만하다.

　채워지지 않는 공허한 마음을 불경으로 채우려는 듯 그는 청년의 때에 불교 공부에 몰입한다. 조선 시대의 사찰은 깊은 산중에 자리하고 있던 것이 일반적인 일이었다. 그런데, 만해는 백담사 스님이 된 후에도 강원도 깊은 산골 사찰에만 머물며 수도에 힘쓰지만은 않았다. 그의 스승 김연곡 스님의 도움으로, 세계정세와 서양철학에도 관심을 갖고 세계 일주 여행을 계획하고 시베리아까지 여행한다.

그를 찾아 떠났던 몇 차례의 행보를 통해서 왜 그렇게 그를 연구하는 사람들이 많은지를 알게 되었다. 그는 통도사에서 방대한 8만대장경을 한글로 일일이 모두 번역하여 [불교대전] 을 펴낸다. 그의 집념과 노력이 대단하다. 불경을 쉽게 읽게 하고자 하는 불교 대중화에 힘쓴 공로 중에 하나이다. 그의 생애 가운데 [불교 대전] 하나만으로도 그는 큰 업적을 남겼다고 할 수 있을 것이다. 그가 쓴 [불교유신론] 이나 그가 조직했던 불교비밀결사 단체 '만당' 이나 그가 발간해낸 불교잡지 '유심', '불교' 등을 펴낸 것도 주목해야 한다. 그러나 그가 민족대표 33인 중에 한 사람이었고, 독립선언서의 공약 3장을 썼다는 역사적인 사실 앞에 우리는 그리 감동하지 않는 것 같다. 독립선언서를 썼던 최남선도, 민족대표 33인들도 나중에는 어찌했는가를 우리들이 알고 있기 때문이다. 그러나 여러 독립운동가들 중에 만해 한용운 선생이 우리 후손들 마음에 깊이 자리를 잡고 파고드는 이유를 생각해보자.

그가 남긴 여러 업적도 훌륭하지만, 끝까지 친일을 거부하는 태도를 우리는 기억해야 한다. 또한 〈님의 침묵〉이나 〈흑풍〉, 〈후회〉, 〈박명〉과 같은 소설은 감성의 미학 원형으로 우리에게 다가온다. " 날카로운 첫 키스의 추억은 나의 운명의 지침을 돌려놓고…" 라는 감각적인 표현으로 그는 시대의 아픔을 비유적으로 표현해낼 줄 알았던 시인이었다. 딱딱한 불교 경전보다도 그가 두드렸을 목탁소리 보다 더 강렬하게 우리들의 마음을 두드렸던 것은 시어 하나 하나의 강한 울림이 아닐까 하는 생각을 해본다. 영국은 "셰익스피어와 인도를 바꾸지 않겠다." 고 했다고 한다. 차茶와 면섬유와 노예를 제공해주었던 영국의 식민지, 인도라는 기름진 고깃덩어리 보다 영국의 극작가 셰익스피어의 작품을 선택하는 영국인들의 가치관에 대해서도 생각해 보자.

사랑하는 까닭
한용운

내가 당신을 사랑하는 것은
까닭이 없는 것은 아닙니다.
다른 사람들은 나의 紅顏만을 사랑하지만은
당신은 나의 白髮도 사랑하는 까닭입니다.

내가 당신을 사랑하는 것은
까닭이 없는 것은 아닙니다.
다른 사람들은 나의 微笑만을 사랑하지만은
당신은 나의 눈물도 사랑하는 까닭입니다.

내가 당신을 사랑하는 것은
까닭이 없는 것은 아닙니다.
다른 사람들은 나의 健康만을 사랑하지만은
당신은 나의 죽음도 사랑하는 까닭입니다.

남한산성 기념관에서 만해 선생

한용운 선생의 심우장

누군가를 만나기 위해 5번의 행장을 꾸려본 적이 있는가?

갈 때마다 그는 나를 외면하기라도 하듯 만나주질 않았다. 한성대역에서 내려 그의 유택에 도착했던 지난해 겨울. 물어물어 골목길을 더듬어 간신히 찾아갔을 때는 짧은 겨울해가 이미 집으로 돌아간 시각. 닫힌 문을 빠끔히 열고 그의 집에 들어서니 침묵만이 흐르고 있었다. 불빛 없는 성북동 언덕 위에 한옥집.

3대三代가 적선을 해야 남향집에서 살 수 있다는데, 구지 북향으로 집을 지었다는 고집 센 스님의 유택. 66세의 생을 살면서 그는 참으로 많은 일들을 하셨다는 생각을 하며 그의 집을 어둠 속에서 둘러보았다.

두번이나 결혼을 했던 스님, 두 여인에게서 각각 아들과 딸을 낳고, 방대한 불교 서적을 남기고, 시집과 소설 작품을 남기고, 서대문형무소에 두번이나 투옥되었던 스님. 충청도 홍성에 그의 생가, 강원도 인제 백담사에 그의 문학관, 남한산성기념관, 성북동 심우장, 종로3가 탑골공원에 세워진 그의 동상…. 무엇이 그를 이렇게 기리고 기념하게 하는 것일까? 그가 살아있던 생전에는 불교 조계종 종단에서는 그를 그리 달가워하지 않았다고 한다. 진보적인 불교계 청년단체에서만 그를 찾을 뿐이었다. 첫 번째 부인과 아들을 버리고 스님이 된 것도 모자라, 스님도 결혼하게 해달라는 대처승제도를 주장하기 일쑤였고, 결혼하지 않고 수도에만 힘쓰는 다른 스님들과 달리, 재혼을 하여 딸까지 낳았으니 그 시대에 노블리스 오블리제였으리라. 시와 소설을 쓰며, 논문과 칼럼을 신문에 내는 일에 열심이었으니 그리 곱지 않은 시선을 받았을 것은 당연했는지도 모른다. 어떤 연유인지는 모르지만, 말년에 그는 사찰을 떠나 "서울에 남은 마지막 달동네" 성북동 언덕에서 어렵게 살아가고 있었다. 그의 동료 스님 김적음이 내어준 땅 52평에 조선일보 사장 방응모 등 뜻있는 유지들의 도움으로 땅을 사서 말년을 보내다가 사망한 곳이 심우장이다.

　몇 달 전 문인협회에서 단체로 떠났던 만해문학관 기행. 단체로 가기 전 미리 사전 답사를 위해 다녀왔음에도 그의 문학관에서 나는 그를 만나지 못했다. 아니 그는 나를 만나주질 않았다. 만해문학관 입구에 세워진 그의 동상이며, 유리관 속에 전시되어 있던 그의 저서들을 들여다보면서, 그의 일대기에 대해서 사유하며 벽에 붙어있던 전시물을 꼼꼼히 살펴보고 기록했을 뿐. 특히, 단체 여행 때는 문우들과 사진 찍느라 그를 담을 마음의 저장 공간이 남아있질 않았다. 기억에 남는 것은 사진 속에 담긴 문우들 얼굴과 만해의 저서 몇 가지뿐이었다. 그리고 그의 문학관 밖에 도포차림으로 서 있는, 그의 동상에 내리던 눈발만이 나의 기억창고를 꽉 채우고 있었다. 일제 강점기를 사셨던

많은 이들이 겪었을 시련과 역경이 고스란히 다가오는 듯한 느낌. 눈을 맞고 서 계신 그는 일제 강점기라는 격랑激浪 속에서나 조계종 종단에서나 문밖에 세워진 시린 사람이었다는 생각을 하며 마음이 아려 왔던 인제 만해 마을 여행.

1897년 구한말 혼란기에 태어나 1944년에 사망하기까지 일제 강점기를 살아냈던 스님, 만해 한용운. 그는 너무 큰 인물이어서 어떤 각도에서 글을 써야할지 막막하기만 했다. 몇 해 전 경상북도 영양 조지훈 문학관에 들렀을 때였다. 조지훈 시인이 만해를 연구하여 논문집을 몇 권씩 두꺼운 책으로 시리즈로 낸 것을 전시실에서 볼 수 있었다. 시리즈로 다뤄지는 만해를 짧은 답사기로 써낸다는 것이 그리 쉬운 일이 아니라는 주눅이 들어있던 모양이다. 여행을 다녀오면 언제나 기행문을 써놓곤 했는데, 글의 실마리가 잡히지 않았다.

성 밖 마을 북장골, 한적한 동네-성북동 골짜기 셋방에서 어려운 생활을 하던 만해에게 동료 승려 벽산碧山 김적음이 땅을 내어준다. 김적음이 자신의 초당을 지으려고 준비한 땅 52평을 내어주자, 조선일보 사장 방응모 등 뜻있는 유지들의 도움으로 땅을 더 사서 집을 짓고 '심우장'이라고 이름한다. 그곳에서 저술에만 힘쓰며 말년을 보내게 된다.

승려로서의 그의 행보에 대해서 먼저 살펴보자. 대각사의 백용성 스님이 불교의 대중화에 힘썼던 것처럼, 만해 역시 불교가 대중화되어

야함을 주장하며 포교에 힘썼다. 개신교와 천주교 등 서양 종교와 문물이 밀려들어 오는 때에, 불교가 산사山寺에서만 고립되어 있어서는 안된다는 주장이었다. 불교 대중화의 일환으로 그는 어려운 불교 경전을 쉬운 한글로 번역하는 것에 주력하였다. 또한 불경 대중화를 위한 작업으로 양산 통도사에서 방대한 8만대장경을 모두 열람하여 [불교대전]을 편찬한다. 1914년 4월 30일 범어사에서 찬술 발행되어 불교 경전 현대화 작업에 큰 족적을 남기게 된다. 또한, 백담사에 머물면서 [조선불교유신론]을 집필하고 1913년 5월 25일 불교 서관에서 발행한다. 불교인이든 아니든 인간에게는 누구나 정신이 유신을 해야하며 그 길만이 조선이 살아갈 수 있는 길임을 강조하며 유신 운동의 기본적인 목표와 방향이 정신문화 혁명에 있다고 주장한다.

이 책을 저술하기 3년 전의 일을 살펴보자. 1910년 말 원종圓宗 종무원 이회광이 불교확장이라는 미명 아래 일본에 가서 원종이 일본 조동종과 연합 동맹할 것을 협약하고 오는 일이 있었다. 1911년 만해는 박한영, 백용성과 이회광 규탄 및 승려 궐기대회를 개최하여 그를 종문난적宗文亂賊으로 규정, 원종에 대응하는 임제종臨濟宗을 창립한다. 이 일은 그 전까지 불분명했던 만해의 반제국주의 사상이 뚜렷해지는 계기가 된다.

정교 분립을 주장-종교를 정부 혹은 일제 체제의 하수인으로 삼으려는 조선총독부, 학무국 정책에 반대하는 운동으로 이어져 일본 형사들의 감시를 받게 된다. 이러한 일제에 대한 1931년 승려 비밀 결사 단체인 만당卍黨을 조직하고 당수가 되었으나 1937년 불교관계 항일 단체로 적발, 체포되어 서대문형무소에 재구속 되는 일이 일어나게 된다.

　여기서 그의 서대문형무소 최초의 구속에 대해서도 살펴볼 필요가 있다. 1919년 3월 1일 서울 탑골 공원에서 독립만세를 세번 선창한 이가 만해 한용운이었다. 민족 대표 33인 중에 한 사람으로 독립선언서에 서명하고, 백용성 스님의 도장도 그가 찍었다는 일설도 전해진다.

　이 일로 인해 체포되어 서대문형무소에서 3년을 복역하게 된다. 그때 일본 경찰에 의해 죄수복을 입은 사진이 강제로 찍힌 것이 형무소 담벽에 붙어 있는 그 사진인 것이다. 반항심이 가득한 청년의 분노한 저항의 눈빛. 그 매서운 눈빛의 독립운동가는 옥중에서 〈조선독립의 서〉를 집필하다가 발각되어 형사에게 제출해야했다. 일부를 휴지에 작은 글씨로 옮겨 적었고, 그것을 형무소 밖으로 나가는 의복 갈피에 넣어 외부로 나오는 데 성공한다. 그 선언서는 중국 상해까지 전달되게 된다. 그의 옥바라지를 하던 제자 춘성을 통해 종이를 노끈처럼 말아 상해로 보내져 대한민국 임시정부 기관지인 독립신문 1919년 11월 4일 기사 부록에 '조선 독립에 대한 감상의 개요' 라는 제목으로 발표 보도된다. "뜻이 있는 곳에는 반드시 길이 있다." 는 말이 생각난다. 글이란 화살처럼 날아갈 곳으로 날아가서 읽을 사람들에게 읽혀진다는 글의 생명력을 생각지 않을 수 없다.

　"인간의 권리와 자유와 평등에 대한 길을 가로막는 어떠한 형태의 무력, 군사력, 일제 정치는 결국 스스로의 덫에 걸려 스스로 패망하게 되리라는 내용" 은 진리가 되어 상해 하늘로 화살이 되어 날아간 것이다. 이런 일이 계기가 되었는지 1922년 출옥 후, 그는 언론에 칼럼을 발표하는 동시에 1924년부터 조선일보와 동아일보에 논설위원을 겸

하게 된다.

　1925년부터 백담사에서 집
필하여 경성 안동서관에서
1926년에 저항시집인 「님의 침묵」을 출판하여 저항문학에 앞장서게
된다. 당시 자유주의적 남녀 간의 연애를 위주로 하던 한국 문단의 영
향을 받지 않고, 민족의 현실과 이상을 풍부한 시적 이미지로 형상화
하여 민족 문학의 높은 수준을 보여주었다. 조선의 독립과 자연을
'님'으로 표현하여 부처 또는 이별한 연인으로 해석되는 중의적 화
법을 통해 조선총독부 학무국의 검열과 탄압을 피할 수 있었다.

　그의 문학적인 욕심은 시에서 그치지 않았다. 1935년에 조선일보에
소설 「흑풍」을 연재했는데, 검열을 피하기 위해 청나라를 무대로 하
여 여성해방문제에 대한 자신의 견해를 설파했다. 반봉건 정신 및 여
성도 인격체라는 평등사상을 피력했다고 볼 수 있다. 1936년에는 조
선중앙일보에 장편 「후회」를 연재하여 민족 운동을 전개하려는 의도
를 다분히 보여주었다. 1938년에 소설 장편 「박명」을 발표하였다. 그
의 문학작품들은 은유, 상징이라는 비유의 문학 장치를 통해 그의 저
항정신과 독립의지를 숨겨서 나타낸 것이라고 봐야할 것 같다. 직설
적인 표현은 검열의 그물망을 피해나갈 수 없었을 테니 말이다. 그 당
시 삼엄한 감시와 억압 속에서 그렇게 가슴 조이며 문학을 통해서 일
제에 저항한 그의 열정이 놀랍지 않을 수 없다. 그를 시인, 소설가, 대
처승, 불교계의 저술가로만 알고 있던 후손들에게 1960년 들어서 그

가 독립운동가로 활약했던 사실이 부각되기 시작한다. 독립선언서의 공약삼장을 만해가 기술했다는 사실만으로 그의 독립운동에 대한 의지가 선명하다고만은 할 수 없을 것이다.

민족대표 33인 중에 대다수(최남선 등)는 일제가 주는 은사금을 받고 생활비를 충당했다고 한다. 끝까지 은사금을 마다하고 저항의 의지를 버리지 않았던 최후의 두 사람 중에 한 분이 한용운 선생이다.

일제 때 독립운동을 했던 독립지사들이 한 둘이 아니지만, 유독 만해 한용운이 우리들 마음을 깊이 파고드는 것은 그의 문학 작품이 주는 여운 때문이 아닐까 싶다.

님은 갔습니다. 아아 사랑하는 나의 님은 갔습니다.
푸른 산빛을 깨치고 단풍나무 숲을 향하여 난 작은 길을 걸어 차마 떨치고 갔습니다.
황금의 꽃같이 굳고 빛나던 옛 맹서는 차디찬 티끌이 되어 날카로운 첫 키스의 추억은 내 운명의 지침을 돌려놓고 뒷걸음쳐서 사라졌습니다.

한용운의 〈님의 침묵〉의 일부

위에서 쓰인 것처럼 감각적인 표현들이 우리들 마음에 오랜 울림을 준다. 목탁 소리의 힘찬 울림보다 더 강렬하게….

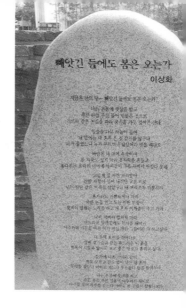

빼앗긴 들에도 봄은 오는가
─이상화 고택을 찾아

    대구에 사는 친한 벗을 만나러 대구에 다녀온 것이 벌써 3년 전의 일이다. 친구와 함께 대구 계산동에 있는 이상화 고택을 찾았다. 대구로 내려가는 KTX 기차 안에서부터 벼르던 일이라, 친구를 만나자마자 계산동을 먼저 찾았다.

    안채와 사랑채가 ㄱ자형으로 앉은 조촐한 한옥집. 안마당엔 석류나무, 감나무, 장독대가 예쁜 집이다. 무엇보다 대구 시내 한가운데에서 기와지붕의 고택을 보게 된 것과 안마당에서 흙을 밟을 수 있어서 푸근한 느낌이었다. 마당 한 켠에 놓여 있는 쇠펌프를 보니 시골 같은 정취가 느껴졌다. 고택을 둘러보다가 그의 고택 안채에 걸려있는 이상화 부부의 사진에 눈길이 머물면서 마음이 쓸쓸했다. 43세의 미남 이상화의 사진과 늙은 노모의 모습인 듯한 서온순 여사의 사진.

    그 여인은 이상화의 노모가 아니라, 부인이다. 상화가 세상을 떠나고도 재혼하지 않고 세 아들을 혼자 키우다가 1980년도에 사망한 여인. 그리고 대구 달성구 화원읍에 상화의 맏형 이상정(독립운동가)과 남편 옆에 나란히 묻히게 되는 이상화 시인의 아내다.

내가 이상화 시인을 알게된 것은 거의 27년 전이었을 것이다. '현대시 강독'이라는 전공 강의를 들을 때였다. 대구에 이상화시인이 있었다. 큰 부잣집에서 태어난 잘 생긴 남자였다. 19세에 집안 어른들의 강권으로 충청도 여자 서온순(서순애라고도 불림)과 혼인하지만, 초부터 아내를 냉대했다.

그녀와 결혼하기 9개월 전인 1919년 3월에 이상화는 고향친구 백기만과 대구에서 대구 3·1독립운동 거사를 도모했었다. 그의 사랑방에 몰래 숨어서 이상화는 선전문의 등사를 혼자 맡아서 하게 된다. 백기만의 지도로 허 범이 태극기 3백 개를 만들어 철저히 준비를 했으나, 대구 독립만세 시위운동은 일제 군경의 탄압으로 끝이 난다. 주동자들이 모두 구금되었으나, 이상화만은 선전문을 뿌리고 운동자금을 조달하는 등 맹렬히 독립운동을 추진하다가 서울로 탈출하는 데 성공한다. 다행히 그는 일경에 구금되지는 않았다. 당시 19세의 청년이 동네친구와 우발적으로 독립운동을 도모하다가 체포되지 않고 서울로 피신을 한 것일까?.

이상화는 독립운동을 활발히 전개하는 집안 환경에서 성장했다. 그의 가정은 민족성이 짙은 가정이었다. 그의 조부 이동진은 재산의 절반을 내어 우현서루(후에 교남학교로 개칭)를 세워 한학을 가르친다. 상화는 7세에 부친을 잃고 큰아버지 밑에서 자라게 된다. 큰아버지 이일우는 우현서루를 승계하고, 나중에 강의원을 열어 무료 교육을 실

시하며 일제 상품 불매운동을 벌여 민족의기를 고취한다. 이상화의
모친도 만만한 여성은 아니었다. 이상화가 7세 때 남편을 여의였지만,
교육부인회, 부인야학교를 설립하고 근대적 여성운동의 선구자 역할
을 담당했다. 조부 때부터, 백부, 모친 모두가 맹렬한 민족정기와 독립
운동의 기운이 넘치는 가정에서 성장한 것이다. 어쩌면 19세 청년이
백기만과 도모한 대구 3·1독립운동 거사는 당연히 해야 하는 그의 일
이었을 것이다. 게다가 그의 맏형 이상정은 독립운동에 전념하는 독
립투사(윤봉길 의사에게 폭탄을 구해준 이)였으니, 그는 뼛속까지 독
립에 대한 투지가 타올랐을 것이다.

백부 이일우는 이상화에게 결혼을 시켜 가정에 안정하며 얌전히 살
기를 바랬다. 그리고 충청도의 온순하고 순종적인 처자 서온순과 혼
인을 시킨다. 그러나 상화는 마음에 없는 결혼에 충실하지 못한다. 독
립운동가인 손필연과 가까이 지내게 된다.

그리고 그는 1921년 평생 친구로 지내게 될 현진건의 소개로 박종화
와 만나 〈백조〉 동인에 참여한다. 박종화의 소개로 홍사용, 나도향, 나
혜석, 박영희, 이광수, 최남선 등의 문인들과 교류하며 문인의 길에
들어서게 된다. 1922년, 〈백조〉에 '말세의 희탄'과 '단조', '가을의
풍경'을 발표하면서 시인으로 등단을 하게 된다. 그러나 그는 문단에
등단하여 시를 쓰는 것만으로는 성에 차지 않는 모양이었다. 프랑스
유학을 준비하느라 도일하여 도쿄 외국어학교 불어과에서 프랑스어
와 프랑스 상징주의 문학을 공부한다. 어쨌든 그는 일본유학을 했다.
그리고 동경 신전구 유학생회관에서 함흥 출신의 유학생 유보화를 만

나게 된다. 유보화는 절세미인이었기에 유학생들 모두의 선망의 대상
이었고, 두 사람은 깊이 사랑하게 된다. 조선에 이미 아내 서온순을 두
고 왔지만, 이상화에게는 그것이 문제가 되지 않는 모양이었다. 동경
유학생이며 미인인 유보화가 상화의 마음을 사로잡는 데 충분했던 모
양이다.

홍미로운 것은, 상화의 동경 유학은 유보화를 만나게 되는 기회도
되었지만, 그때까지 썼던 초기의 퇴폐적이고 관능적인 시세계에서 벗
어나게 하는 전환점이 되었다. 일본에 일어난 관동대지진 사건(1923
년)이 그것이다.

자연재해로 일본에서 큰 지진이 발생했다. 그러나 일본은 그것을 조
선인들의 탓으로 돌렸다. 그리고 "조선인들이 일본 우물에 독약을
탔으며 조선인들이 일본을 습격하러 올 것"이라는 유언비어를 퍼뜨
린다. 그리고 거리에 지나가는 조선인들을 무차별 학살한다. 그 때 희
생된 조선인이 6천명 정도 된다고 전해진다(일설에는 2만명 정도). 이
상화는 동경에서 그것을 목격했다. 그리고 일본인 폭도들로부터 이상
화도 암살 위협을 받게 된다. 조선인이라는 이유 하나였다. 그러나 상
화를 따라다니며 도와주는 천사가 있는지, 상화는 몸을 피하여 일본
인으로 변장하고 무사히 귀국을 하게 된다. 그를 도운 것은 어느 일본
인이었으며 여비를 내어준 것도 일본인이었다.

뒤미처 조선으로 찾아온 유보화는 폐병이 심하여 고향으로 돌아가
요양을 한다. 위독하다는 소식을 듣고 한 달이 되도록 그녀를 간호하
지만, 그녀는 피를 토하며 숨을 거둔다. 1926년의 일이었고, 보화의 나

이는 25세였다. '나의 침실로' 나 '이별을 하느니' 와 같은 시가 모두 유보화를 소재로 쓰였다고 한다. '나의 침실로' 에서 마돈나를 유보화로 보는 견해가 강하다. 이상화가 초기 시의 낭만적이고 상징적이고 관능적, 퇴폐적인 시의 경향을 갖는 것은, 모두 유보화와의 사랑이 지대한 영향이 있다고 보는 견해가 크다. 이상화에게는 서온순이라는 아내가 있었다. 그러나 이상화는 그녀를 멀리 했다. 그리고 유보화를 선택했다. 이것은 인습에 대한 도전이고 반란이라고 볼 수도 있을 것이다. 그리고 시에서 거침없이 관능적인 표현을 일삼은 것도 그간의 시단에 대한 도전이고 반란이었다. 프랑스의 랑보나 말라르메, 보들레르의 시를 공부한 문학도다운 혁명과도 같은 표현의 과감성이었다.

　지금까지 우리는 이상화-민족 시인이라는 키워드의 뒷면을 살펴보았다. 일제 강점기 때, 대구의 큰 부잣집에서 태어난 잘생긴 동경 유학생, 부친을 일찍 여의었으나 큰아버지의 보살핌 속에서 부유했던 시인. 우리는 그를 민족 시인으로 기억한다. 아니, 우리 역사는 그를 저항시인이라고 부른다. 위에서 언급했던 것처럼, 1919년 대구 3·1독립운동 거사를 도모했었기 때문이 아니다. 그는 언제나 일제의 감시를 받고 가택수색을 받기 일쑤였으며 그가 쓴 원고뭉치를 빼앗기기 일쑤였다. 그가 태어난 가정환경 때문일 수도 있다. 1927년에 의열 단원 이종암李鍾巖 사건에 연루되어 대구경찰서에 수감되었다가 석방되는 일이 있었다. 고문과 악형을 받은 것은 말할 것도 없을 것이다. 1937년, 맏형 이상정 장군이 항일투쟁을 하다가 일본의 일정혐의로 북경에 구금되어 있다는 소문을 듣고 중국으로 건너간다. 형을 만나고 왔다는 이유로 이상화는 두 달간 구금되어 고문을 받고 석방된다. 그리고 그가 몸 담아 있던 교남학교 교가의 작사를 하게 되는데, 민족정신을 고취시키는 감이 있다하여 사용이 금지된다. 그의 행동 하나 하나가 일본의 감시 렌즈 속에 있었던 것이다. 조선은행 대구지점 폭탄 사건, 신간회 대구지회 출판부 간사, 'ㄱ당' 사건, 노동야학원 한글 교육 등…. 그가 벌였던 독립에 대한 의지는 일제의 총부리 끝에서 언제나 가택수색으로 이어지고 연행으로 이어졌다.

그의 대표작 '빼앗긴 들에도 봄은 오는가' 에 대해서 생각해 보자. 유보화가 죽고 난 후에 그의 시는 퇴폐적, 관능적, 낭만적인 것에서 벗어나 현실참여적인 저항시 쪽으로 흐른다. 그를 저항시인이라고 지칭할 수 있게 만든 시가 '빼앗긴 들에도 봄은 오는가' 이다. 보화가 죽던 해 1926년 〈개벽〉에 발표한 시였다. 이 시로 인해 〈개벽〉은 폐간의 위기를 맞아야 할 정도로 일제도 이 시에 대해서 긴장을 했다. 그러나 이 시로 인해 그를 피체하거나 고문을 가하진 않았다. 국토는 빼앗겼으나, 봄을 빼앗기지 않았다는 절규의 저항시이며 봄-조국의 광복을 열망하는 작품임에 틀림이 없다. 그러나 일제는 그에게 총칼을 들이대지 못했다. 시어詩語 하나하나가 감각적이고 촉각적이며 시각적인 심상, 자연물을 빗대어서 표현했기 때문일는지도 모른다. "살진 젖가슴과 같은 이 흙을…. 입술을 다문 하늘아 땅아, 푸른 하늘 푸른 들, 가르마 같은 논길, 나비, 제비, 종다리, 맨드라미, 다리를 절며 하루를 걷는 화자, 봄 신명이 지폈나보다" 라는 짐작의 표현…. 그의 시에 쓰인 비유적이고 상징적인 표현법으로 인해 그는 1926년에는 무사했다. 상화가 쓴 그런 계열의 시는 다음과 같다. 조소(개벽 1925), 통곡(개벽 1926), 도쿄에서(문예운동 1926), 파란 비(신여성 1926), 선구자의 노래(개벽 1925), 조선병(개벽 1926), 비갠 아침(개벽 1926), 저무는 놀 안에서(조선문예 1928) 등이다. 그는 생전에 시집을 낸 적이 없다. 그가 죽고 나서, 고향친구 백기만이 〈상화와 고월〉에 수록된 16편을 비롯해서 그가 남긴 시는 모두 58편으로 알려져 있다.

상화 고택을 둘러보고 있으려니, 비가 추적추적 내리기 시작했다. 빗줄기가 심했으므로 우리 일행은 그의 집 마루에 딸린 툇마루에 올라 앉아 비를 피했다. 대청마루와 툇마루 사이에 부납문을 달아놓은 것이 정취있게 느껴졌다. 그의 고택 처마에서 떨어지는 낙숫물로 앞마당 흙이 조금씩 패이는 것도 운치 있어 보였다. 일제 강점기라는 아픈 시대를 살다간 불우한 문인, 이상화. 1940년대 대부분의 문인들이 친일을 하며 변절할 때에도 그는 꿋꿋하게 저항하는 마음의 심지를 굳건히 했다. 그의 시정신은 민족과 저항이라고 하는 두 개의 단어를 굳게 지켰다.

1999년에 대구광역시 도시개발로 한때 상화고택이 헐릴 위기에 있었다. 그러나 시민들의 100만 서명운동으로 보전되었다. 군인공제회에서 인근 주상복합아파트를 건립하면서 고택을 매입해 대구시에 기증했다. 대구시는 고택을 보수하여 2008년 8월 12일에 일반인들에게 공개하게 되었다. 군인들이 지키려고 하는 것이 국가방위에만 머무르는 게 아닌가보다. 군인과 문인은 뭔가 어울리지 않는 단어같이 느껴

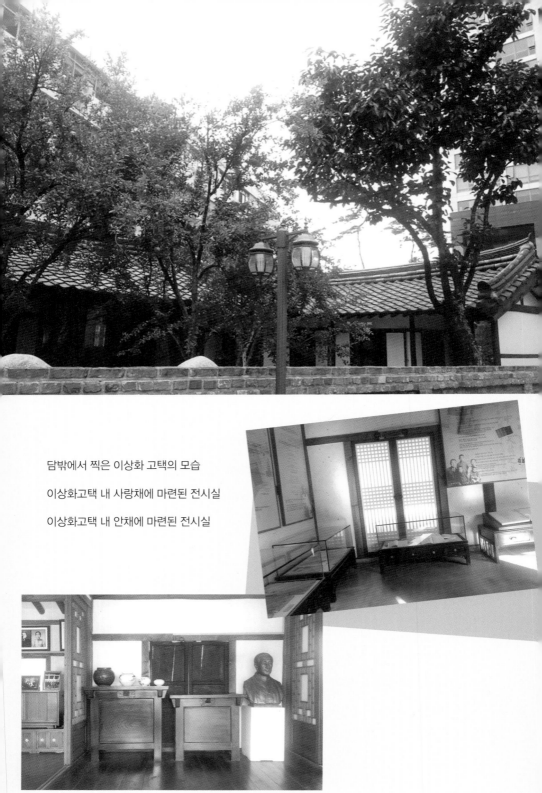

담밖에서 찍은 이상화 고택의 모습

이상화고택 내 사랑채에 마련된 전시실

이상화고택 내 안채에 마련된 전시실

진다. 일제 강점기 때를 살다간 비운의 시인-이상화의 빼앗긴 들과 봄
을 군인공제회에서 지켜주었다.

빼앗긴 들에도 봄은 오는가

이상화李相和

지금은 남의 땅 - 빼앗긴 들에도 봄은 오는가?
나는 온 몸에 햇살을 받고
푸른 하늘 푸른 들이 맞붙은 곳으로
가르마 같은 논길을 따라 꿈속을 가듯 걸어만 간다.

입술을 다문 하늘아 들아
내 맘에는 내 혼자 온 것 같지를 않구나
네가 끌었느냐 누가 부르더냐 답답워라 말을 해다오.

바람은 내 귀에 속삭이며
한자욱도 섰지 마라 옷자락을 흔들고
종다리는 울타리 너머 아씨같이 구름 뒤에서 반갑다 웃네.

고맙게 잘 자란 보리밭아
긴밤 자정이 넘어 내리던 고운 비로
너는 삼단 같은 머리를 감았구나 내 머리조차 가뿐하다.

혼자라도 가쁘게나 가자
마른 논을 안고 도는 착한 도랑이
젖먹이 달래는 노래를 하고 제 혼자 어깨춤만 추고 가네.

나비 제비야 깝치지 마라
맨드라미 들마꽃에도 인사를 해야지
아주까리 기름을 바른 이가 지심 매던 그 들이라 다 보고 싶다.

내 손에 호미를 쥐어다오
살찐 젖가슴과 같은 부드러운 이 흙을
발목이 시도록 밟아도 보고 좋은 땀조차 흘리고 싶다.

강가에 나온 아이와 같이
쨈도 모르고 끝도 없이 닫는 내 혼아.
무엇을 찾느냐 어디로 가느냐 우스웁다 답을 하려무나.

나는 온몸에 풋내를 띄고
푸른 웃음 푸른 설움이 어우러진 사이로
다리를 절며 하루를 걷는다 아마도 봄 신명이 지폈나보다.

그러나 지금은-들을 빼앗겨 봄조차 빼앗기겠네.

윤동주

1943년 2월 16일 새벽 3시 26분, 조선의 청년이 외마디 비명을 지르며 사망한다. 27년 3개월의 생애를 일본의 한 형무소에서 마감한 것이다. 그가 사망한 지 45년 만인 1990년에 그는 대한민국 건국훈장 독립장에 추서된다. 그는 독립을 위해서 만세 시위를 벌인 적이 단 한번도없다. 만세 운동을 도모한 적도 없다. 기미 독립 운동이 일어났던 때, 그는 생후 15개월 된 아기였다. 상해 임시정부에 가서 독립 운동을 도와준 적도 없다. 청산리 전투와 같은 전장戰場에서 총을 들고 독립을위해 싸운 적도 없다. 독립자금을 보냈다는 기록도 전혀 없다.

그는 다만, 문학이 좋아서 시와 산문을 썼고 학교 교지, 문예지와 조선일보에 발표했을 뿐이다. 그가 시를 쓴 것은 북간도 용정에 은진중학교 때부터였다(18세 무렵). 평양에 있는 숭실중학교로 편입했으나그는 6개월 만에 자퇴를 한다. 신사참배를 거부했다는 이유로 학교에휴교령이 내린 까닭이다. 북간도로 귀향하여 용정 광명중학교로 편입한 윤해환은 윤동주라는 필명으로 「카토릭 소년」에 동시 몇 편을 발표한다. 그리고 백석의 시집 「호수」를 필사하면서 시에 열중하게 된다.

1937년 민족말살 정책이 한창일 때, 윤동주는 서울 연희전문 문과에 입학을 한다. 부친의 바램을 저버린 동주의 고집이었다. 1937년부터 1941년 연희 전문시절이 동주에게는 가장 행복한 시절이었을지도 모른다. 당시 그가 기거하던 기숙사로 쓰였다는 건물에 지금은 핀슨 기념관이 세워져 있다. 건물 2층에 윤동주 기념관이 있다고 하여 그곳을 찾았다. 건물 앞에 윤동주 시비도 세워져 있다. 그의 기념관은 그리 넓지 않았다. 그가 사용했다는 책상과 연필, 필통, 가방과 모자가 전시되어 있었다. 유리 상자 속에는 그의 유고 시집이며 관련 자료들이 전시되어 있었다. 그 곳에 적혀 있는 설명 재료들을 읽고 또 읽고 책상에도 앉아보고…. 거기서 두어 시간을 머무르면서 그를 생각했다. 가슴이 아렸다.

그를 생각하며 가슴 아리지 않을 한국인이 몇이나 될까? 한국인들뿐 아니라, 러시아에서도 그를 높이 평가하고 있다고 한다. 러시아뿐이겠는가? 영국뿐 아니라 전 세계인들이 그를 추모하고 추앙하고 있다. 그의 생가와 기념관이 있는 북간도 명동촌과 무덤이 있는 용정을 찾는 이들의 발길이 끊이지 않는다고 한다. 그는 한국뿐 아니라 세계적인 시인의 자리에 놓여있다. 그를 죽인 것은 일본이었다. 그런데 재미있는 것은 그를 전 세계에 알리기 시작한 것도 또 다른 일본인이라는 것이다. 그의 시를 우연히 읽게 된 일본인들이 한국인들보다 그를 더 많이 사랑하기 시작했다. 그의 사진 속, 미남 얼굴에 매료된 일본의 젊은 여자들이 우리보다 북간도에 먼저 찾아갔고, 그의 관련 자료들을 발굴해 내기 시작했다. 그의 묘를 발견해 낸 것도 일본인 오무라 마쓰오 교수에 의해서였다. 참으로 흥미로운 일이 아닌가? 일본의 이중성을 일찍이 1946년에 루스 베네딕트라는 미국의 인류학자가 「국화와 칼」이라는 책에서 지적한 적이 있다. 미학에 탐미적인 일본인의 특질을 국화에 비유하고, 전쟁을 사랑하는 군국주의적 성향을 칼에 비유했다고 볼 수 있다. 일본의 칼에 의해 희생된 윤동주는 일본의 국화에 의해서 세계에 알려지기 시작했다.

　윤동주의 연희 전문 시절로 돌아가 보자. 윤동주는 문학을 사랑했다. 해서 시를 쓰고 산문을 썼다. 그리고 연희 전문의 문예부에 들어가 활동을 하면서 '문우'라는 문예지에 '새로운 길'과 '자화상'이라는 시를 발표한다(1941년). 그리고 조선일보 학생란에 '달을 쏘다'(1939. 1. 23.), '아우의 인상화'(1939. 2. 6.), '유언'(1939. 10. 17.)이라는 산문을 발표한다. 여기서, 우리는 그가 발표했던 산문에서 그의 과감성과 용기를 읽어내야 할 것 같다. 특히 '달을 쏘다'의 마무리 부분에서 보인 표현을 보면, 겁 없는 청년의 대찬 기개를 엿볼 수 있다. "나는 꼿꼿한 나뭇가지를 겨누어 띠를 째서 줄을 메워 훌륭한 활을 만들었다. 그리고 좀 탄탄한 갈대로 화살을 삼아 무사武士의 마음을 먹고 달을 쏘다."라고 되어있다. 관심 있는 몇 명만이 읽는 문예지도 아니고, 조선일보라는 일간지 신문에 이런 글을 발표한 것은 배짱이 두둑한 일이 아닐 수 없다. 비유로 썼다고 하지만, 누구라도 "무사(武士)의 마음"이라는 표현과 "달을 쏘다"는 표현은 일제에 정면으로 대항하여 도전하고 항거한다는 의미라는 것을 쉽게 알 수 있다. 윤동주가 22세에 쓴 글이다. 독립운동가이며 조선족 교육의 선구자였던 외삼촌 김약연의 피가 흐르고 있어서였을까? 안중근 의사에게 총과 탄환, 군자금을 대어주었던 외삼촌의 일을 모르지 않을 윤동주였다.

그러나 일본 관헌은 이것을 문제 삼지 않았고, 윤동주는 무사했다. 그리고 그는 졸업 때까지 문학에 심취하여 블란서의 지드와 말라르메에 빠지고 프랑스 문학을 혼자 공부하기도 했다. 그가 1941년 12월 27일에 연희 전문을 졸업할 무렵, 그는 졸업을 기념하여 우리말 시집을 내려한다. 19편 중에 몇 편('십자가', ' 슬픈 족속', ' 또 다른 고향' …)은 일본에 저항하는 표현이 짙었다. 그뿐 아니라 우리말 말살정책이 한참 고조되어 있는 때에 우리말로 된 시집은 위험한 일이 아닐 수 없었다. 이를 염려하여 시집 발간을 보류하라는 은사님과 어른들의 만류가 컸다. 그렇다고 하여 자신의 시집을 묶고 싶었던, 문학을 사랑하는 문학청년의 꿈은 포기될 수 없는 일이었다. 문예반에서 활동할 때늘 손에 등사기 잉크를 묻히고 다니던 동주였다. 동주는 자신의 육필로 시를 직접 써서 똑같은 시집을 세권 만든다. 은사 이양하 교수와 절친 정병욱과 자신이 한권씩 나누어 갖게 된다.

여기서 정병욱(서울대 교수-고전문학과 판소리 연구)에 대해서 생각해 보자. 정병욱은 동주와 기숙사, 종로구 누상동, 서대문구 북아현동의 하숙집에서 함께 방을 썼던 친구였다. 정병욱은 학도병으로 끌려가면서 고향의 노모에게 윤동주의 육필 시집을 맡긴다. "자신의 목숨보다 소중한 것이니 잘 보관해 달라"는 당부와 함께…. 노모는 동주의 시집을 항아리에 넣어 보자기로 싸서 마룻장을 뜯고 그 속에 숨겨둔다. 전남 광양시 망덕면 섬진강가 마루 밑에 무사히 보관되었던 동주의 시집. 학도병에서 돌아온 정병욱은 윤동주가 감옥에서 사망한 소식을 듣고, 동주의 동생 윤일주와 마음을 모아 친구의 유고 시집을 낸다(총31편). 그렇게 해서 윤동주의 시집이 한국에 첫선을 보였다 (1948년-정음사). 정병욱이 아니었더라면 윤동주의 시집은 역사 속에서 스러져갔을 것이다. 윤동주의 육필 시집이 세상에 선을 보이게 된 데에는 정병욱이 일등공신이다. 친구 덕분에 시집이 세상에 남게 된 윤동주는 그런 면에서 행운아이며 행복한 사람이 아닌가 하는 생각이 든다. 좋은 친구를 두어 생전의 소원이 이루어지지 않았는가? [백아]에 나오는 知音이라는 고사가 있다. 거문고 소리만 듣고도 그 사람의 속마음까지 안다는 말로서, 서로 뜻이 잘 통하는 친구 사이를 비유하여 쓰인다. 정병욱 교수가 바로 윤동주의 지음이었던 것이다. 시를 사랑하여 시를 쓰고, 시집을 내길 갈망했던 친구의 마음의 소원을 들어준 知音. 뜻을 이루지 못하고 일본 후쿠오카 형무소에서 안타깝게 죽어간 친구의 소원-생전의 소망이 무엇이었는지를 알고 대신 이루어준 정병욱교수, 동주의 시 5편을 소중히 숨겨두었던 절친 강처중도, 동생 윤일주도 모두 아름다운 영혼들이다. 죽은 사람은 말을 못한다. 말을 하지 않아도 윤동주의 영혼이 간절히 바랐던 것이 무엇이었는지를 알고 그것을 이뤄준 사람들이 얼마나 어여쁜 천사들인가?

윤동주는 1941년 4월 2일 동경의 릿교(立敎) 대학 영문과에 입학한다. 1942년 10일 1일 교토 도시샤(同志社)대학으로 편입을 한다. 그는 일본에 유학하면서도 시를 썼다. 그것도 일본 땅에서 우리말로 시를 쓴 것이다. 그 때 쓴 시 다섯 부를 강처중(연희 전문시절 절친했던 글 벗)에게 송부한다.

당시 조선인은 "우리들은 제국의 신민臣民"임을 암송하도록 강요 받고 있을 때였다. 일본은 학교에서 조선어 과목을 폐지하며, 언어를 빼앗는 것이 조선민족을 말살시키는 급선무책이라고 믿었다. 그런 때에 윤동주는 일본 땅에서 조선어로 시를 쓴 것이다. 일본 제국주의에 대한 정면 도전이 아닐 수 없는 일이다. 게다가 카케다(武田)아파트 (윤동주의 하숙방)에서 조선에서 조선어 과목이 폐지된 것에 대해서 논란을 벌였다(1943년 2월 초순). 조선 문화의 유지와 조선민족의 발 전을 위해서 독립의 달성은 필수적이라는 것을 윤동주는 강조했다. 문 학은 민족의 행복을 추구하는 견지에 입각하여야 한다는 취지로 민족 적 문학관을 강조하여 민족의식 유발에 부심했다(1943년 7월 중순). 같은 유학생들끼리 모인 자리였다. 낮말은 새가 듣고 밤 말은 쥐가 듣 는다고 했던가? 그 자리에 모였던 사람 중에 누군가가 밀고를 한 것인 지, 하숙집 주인이 그리한 것인지는 기록에 없으나 윤동주는 두 차례 에 걸친 그 발언으로 일본 경찰에 연행된다. 윤동주가 강처중에게 보 낸 시 중에 '쉽게 쓰여진 시'에서 일본을 "육첩방은 남의 나라"라고 두 번이나 강조하여 표현했다. 그리고 "나는 다만 홀로 침전하는 것 일까?"라고 표현했다. 제국에 동화되기를 거부하며 강하게 저항하 는 '이질 분자', '불순분자'를 자처했던 것이다. 제국주의 일본의 시선으로는 극노할 표현이다. 황국신민주의로 조선인을 일본화하려는 일본의 시선은 윤동주를 그냥 지나치지 않았다. 일본 대학에서 같은 학과 일본인 친구들과 잘 어울리지도 동화되지도 않고 혼자 외톨이로 있었던 윤동주. 조선 유학생들이 같은 유학생들끼리 우리말을 쓰지 않고, 일본어로 의사소통하는 것을 못마땅해 하며 눈살을 찌푸렸던 윤동주였다. 그런 윤동주는 일본 유학생들 사이에서도 혼자였다. 외롭고 추운 유학생활은 더 춥고 어둡고 차가운 감옥이 그를 기다리고 있었다. "조선의 독립을 구상했다"는 명목으로 체포-투옥-옥사로 이어졌던 것이다. 그는 19개월 동안 감옥에서 극심한 노동에 시달려야 했고, 밤마다 주사를 맞아야했다. 생체실험용으로 우리의 윤동주가 이용되었다.

그는 북간도 이주민의 후예다. 부유한 집에 장남으로 태어난 여리고 순전한 인상의 청년 윤동주. 그에게 죄가 있다면 감수성이 예민하여 시를 썼고, 시를 사랑하고 문학을 사랑한 것밖에는 없다. 부모가 가르쳐준 우리말과 글을 사랑한 죄밖에 없다. 그리고 자신이 사랑하는 시를 자신이 어릴 때부터 써왔던 우리글로 썼을 뿐이다. 그러나 일본제국주의의 "칼"의 시선으로는 그것은 엄청난 죄였다. 처단하고 제거해야 하는 인물이었다. 그는 〈재경도 조선인학생 민족주의 그룹 사건〉을 이유로 취조를 받고 징역 2년의 판결을 받는다. 그리고 그는 감옥의 철창을 붙잡고 "조선아, 조선아 ~~"라면서 울부짖었다고 한다.

일본 땅에 학비를 내고 공부를 하러 온 유학생에게 일본이 가한 만행이었다. 일본은 "윤동주를 불온사상, 독립운동 도모의 혐의"라는 이름으로 그에게 칼을 들이댄 것이다. 그 당시, 일본의 제국주의 침략은 조선에만 그친 것이 아니라, 중국과 러시아, 미국 진주만 침략으로까지 이어졌다. 기세충천했던 일본 제국주의 칼날에 우리의 어린 청년은 힘없이 죽었다. 그들의 대륙 침략과 대동아전쟁, 세계 평정이라는 기치 아래 풀잎 위에 이슬처럼 스러져간 윤동주.

그러나 그는 죽지 않았다. 그는 그의 친지와 문우들의 아름다운 마음 씀씀이에 의해서 「하늘과 바람과 별과 시」라는 유고 시집 속에서 불사조로 다시 살아났다. 일어로 번역된 그의 시가 일본에서 젊은 아가씨들에게 사랑을 뜨겁게 받기 시작했다. 그런 한류 열풍이 일본에서 한국으로 전해져 들어왔고, 세계로 퍼져나가게 되었다는 것을 위에서 언급한 바 있다. 그의 시집은 7개 국어로 번역되어 80여 개국에 전해져 있다. 윤동주는 세계인들이 읽고 누구나 전율을 느끼는 시인이 되었다. 누가 윤동주를 죽였는가? 누가 윤동주를 죽었다고 말할 수 있는가? 칼은 윤동주의 신체적인 생명을 죽일 수 있었지만, 조선어를 사랑하는 민족혼과 민족정신은 죽일 수 없었다. 그가 사랑했던 시와 우리글과 말. "모가지를 드리우고/ 꽃처럼 피어나는 피를/ 어두워 가는 하늘 밑에/ 조용히 흘리겠습니다."(1941. 5. 31)라고 그의 시 '십자가'에서 노래했던 시인. 별이 오르는 밤에 그는 하나의 더 큰 별로 우리들 가슴에 항상 살아있을 것이다. 아니, 전 세계인의 가슴에 더…. 그의 민족혼과 함께. 나도 오늘 해처럼 환하게 빛나는 윤해환의 시 '자화상'을 다시 읊조려 본다.

자화상

윤해환/윤동주

산모퉁이를 돌아 논가 외딴 우물을 홀로 찾아가선 가만히
들여다봅니다.

우물 속에는 달이 밝고 구름이 흐르고 하늘이 펼치고
파아란 바람이 불고 가을이 있습니다.

그리고 한 사나이가 있습니다.
어쩐지 그 사나이가 미워져 돌아갑니다.

돌아가다 생각하니 그 사나이가 가엾어집니다.
도로 가 들여다보니 사나이는 그대로 있습니다.

다시 그 사나이가 미워져 돌아갑니다.
돌아가다 생각하니 그 사나이가 그리워집니다.

우물 속에는 달이 밝고 구름이 흐리고 하늘이 펼치고
파아란 바람이 불고 가을이 있고 추억처럼
사나이가 있습니다

(윤동주 시인, 1917-1945)

윤동주 유고시집
　-「하늘과 바람과 별과 시」 윤동주 기념관

윤동주 시인이 육필로 써놓은
　　　　　「하늘과 바람과 별과 시」
　　　-윤동주기념관(종로구 부암동)

윤동주와 정병욱-연세대학교 내
핀슨기념관에서

윤동주 시비-연세대학교 핀슨 기념관 앞에
위치

안동 여행
──이육사 시인을 찾아서

깊은 눈이 푹푹 쌓인 겨울. 안동을 찾아갔다. 하회마을을 둘러보고 이육사 문학관으로 향했다. 내비게이션은 하회마을에서 그곳까지의 거리가 39km라고 일러주었다. 도산서원도 포기한 채 부지런히 달려갔으나 문학관의 문은 굳게 닫혀있었다. 오후 4시 45분. 안동시청에 문의하니 동절기는 관람시간이 4시 30분까지라는 답변이었다. 2014년 1월초였다. 허탈한 심정을 앉고 우리들은 안동시내로 돌아와야 했다. 안동은 온통 하얗기만 했다. 어느새 어둠이 사방에 내리고 있었고, 저녁 어스름 속에서 이육사 시인을 생각했다. 국문학을 전공한 시인의 한 사람으로, 서울에서 멀리 안동까지 찾아갔으나 만날 수 없었던 이육사 시인이 야속하기만 했다. 고등학교 1학년 국어시간에 배웠던 시 '광야廣野'를 생각하며 우리들은 안동을 떠났다.

광야

이육사

까마득한 날에

하늘이 처음 열리고
어데 닭 우는소리 들렸으랴

모든 산맥들이
바다로 연모해 휘달릴 때도
차마 이곳을 범하던 못하였으리라

끊임없는 광음을
부지런한 계절이 피어선 지고
큰 강물이 비로소 길을 열었다

지금 눈 내리고
매화 향기 홀로 아득하니
내 여기 가난한 노래의 씨를 뿌려라

다시 천고千古의 뒤에
백마白馬 타고 오는 초인이 있어
이 광야에서 목 놓아 부르게 하리라

이육사李陸史는 저항시인이라고 했다. 일제에 항거하는 시를 저항시라고 했다. 그게 내 지식의 전부였고, 국문과 현대시 전공시간에 교수님은 이렇게 말씀하셨다. "윤동주와 이육사를 우리나라 대표적인 저항시인이라고 하지만, 엄밀한 의미에서 윤동주는 자아성찰自我省察의 시인이지 저항시인이라고 할 수 없다. 이육사를 대표적인 저항시인이라고 해야 한다." 그 강의를 들은 지 몇 십 년이 지났다. 그리고 2015

년 11월 월간 [순국]誌에 발표한 윤동주 시인에 관한 글에서 나는 윤동주 시인의 시를 고찰하며 그가 '대한민국 건국공로훈장 독립장'에 추서된 사실을 글에 썼었다.

그리고 다시 이육사 시인에 대해 공부를 하면서 의문이 한 가지 생긴다. 의열단[1]에 입단하여 직접 총을 들고 일본과 싸웠던 이육사였다. 1926년 베이징사관학교에 입학하여 군사훈련을 받았고, 1932년 조선혁명 군사정치 간부학교 1기생으로 초급 군사 간부 교육을 마치기까지 했다. 1927년 10월 18일, 장진홍이 조선은행 대구지점에 폭탄을 배달한 사건에 연루되어 그의 형제 이원일, 이원조와 함께 체포되어 대구형무소에서 옥고(1년 7개월 간)를 겪었다. 1931년 대구격문사건으로 다시 체포되어 2개월간 옥고를 겪었다. 1934년 3월에 군사간부학교 출신이란 사실이 드러나 다시 구속되어 3개월의 옥고를 겪는다. 북경으로 다시 가서 국내에 무기를 들여올 계획을 세우다가 1943년 7월에 다시 일본 경찰에 체포된다. 어머니와 큰형의 소상에 참여하려고 귀국하던 길이었다. 네 번째 구속이다. 북경으로 압송된 후 일본총영사관에 구금, 베이징 감옥에서 1944년 1월 16일에 그는 옥사한다. 순국이다. 지병이었던 폐렴이 악화된 것이 사인死因이었다. 네 차례의 옥고 때마다 고문으로 얻어진 결과였으리라. 얼음장 같은 차가운 감방에서 그는 온몸에 피멍이 들고, 칼에 찔리고 일제의 총칼에 신음했을 것이다.

의열단이라는 적극적인 항일투쟁 단체에 속하여 일선에서 총을 들고 일본과 맞섰던 이육사는 독립투사였다. 김원봉의 부인 박차정義士

가 총을 들고 일본과 싸웠던 것보다 더 활발한 활동을 했던 독립운동가였다. 무관학교에서 군사 간부 교육까지 받을 정도였으니, 그의 항일 무력 투쟁은 의사義士라는 칭호를 받아야 마땅할 것 같다. 윤동주 시인, 이상화 시인, 한용운 시인, 심훈 선생 등 그 시대 지식인들 중에 시대를 아파하지 않은 사람이 누가 있었는가? 모두 시대를 아파하며 시를 쓰고 소설을 썼다. 비유와 이미지로 형상화하여 일제에 저항하고 해방을 열망하는 시를 썼다. 글을 사랑하고 글줄을 쓸 줄 아는 사람들은 모두 그렇게 했다. 지식인의 양심으로 가만히 있을 수 없었을 것이다. W. 워즈워드가 말했던 것처럼, "인간은 표현하고 싶은 욕구가 있기에…" 그들은 시를 짓지 않을 수 없었고 표현하지 않을 수 없었다. 표현하지 않으면 숨이 막혔을 테니까 말이다. 그러나 위에 언급한 어떤 시인들도 직접 총을 들고 나선 이들은 없었다. 의열단에 들어가 적극적인 투쟁을 한 이도 없었다. 그런데, 이육사에게는 의사나 열사라는 칭호가 붙여지질 않았다. 그에겐 윤동주 시인보다 등급이 낮은 건국훈장 애국장이 추서되었다(1968년).

며칠 전(2016년 6월 16일)에 나는 안동에 다시 내려갔다. 이육사 시인 기념관을 둘러보기 위해서였다. 몇 년 전에 둘러보지 못한 안타까운 마음을 풀고 싶은 마음 하나로 안동을 향해 달렸던 267.5km의 먼 길. 도산서원에서 4.6km 더 운전하여 갔으나, 공사 중이었다. 기념관 건물은 모두 헐렸고 철근들이 세워져 있었다. 몇 십억 예산을 들여서 다시 기념관을 조성한다는 응답이었다. 두 번째 찾아간 여행길도 또 어긋나 버렸다. 허망한 마음으로 경북독립기념관으로 향했다. 이육사

民族詩人陸史李源祿先生像

손 대 지 마 세 요

문학관에서 안동 시내를 통과하여 35km 정도 운전을 했던 것 같다. 그곳도 공사 중이었다. 안타까워하는 내가 안쓰러웠는지 젊은 아가씨가 나와서 책을 한 권 건네준다. 「史蹟으로 보는 안동독립운동」(지식산업사)이라는 책이었다. 안동시 구역 약도를 펴 보이면서 내앞 마을, 백하구려, 김동삼 생가 터, 삼백당(3차 선성의진 의병소), 봉정사(안동 의병 창의 논의지), 안동시장(3·1운동지), 김동삼선생어록비, 이원일·이육사 생가터를 둘러보라고 권한다.

6월 햇살이 따갑게 우리들을 쪼고 있다. 양산을 써도 햇살이 얼굴을 파고드는 것 같다. 그러나 2년 6개월을 벼르고 내려온 안동 여행을 포기할 수 없었다. 우리 일행은 경북독립기념관 옆에 있는 내앞 마을과 백하구려를 둘러보고 봉정사를 거쳐 권유를 받은 곳을 모두 찾아다녔다. 오전에 들렀던 도산서원과 이육사 기념관을 다시 찾아갔다. 가는 길에 안동댐 옆에 김동삼 선생의 어록비가 있었다. 안동댐의 시원한 물줄기가 한낮의 고단함을 식혀주는 듯했다. 봉정사와 삼백당에서 의병들 생각을 잠시 했지만, 내 마음은 이육사 선생의 생가터를 찾는 것으로 치달았다. 안동시 도산면 원천리 706번지. 이육사 기념관 바로 옆에 있는 것을 엉뚱한 곳에 가서 헤매고서야 바로 찾을 수 있었다. 드디어, 이육사 시인의 흉상胸像과 '청포도'라는 시가 새겨져 있는 시비詩碑를 만날 수 있었다. 삼고초려三顧草廬. 세 번 찾아가서야 그의 족적足跡을 만나볼 수 있었다. 반가운 마음과 고마움이 밀려온다. "여기까지 찾아온 이유를 아시나요? 이육사 시인님?" "국문학을 전공한 시인으로서 당신을 꼭 한번 만나고 싶었습니다." 따갑던 햇살도 시들어가고 어스름 저녁이 내리고 있는 그의 생가 주변은 폐지처럼 초라하기만 하다. 저만치 그의 기념관을 공사하고 있는 광경이 다시 눈에 들어온다. 그의 기념관이 다 완공되면 다시 안동에 내려와서 둘러볼 것이다. 그의 문학이 시단에 미친 영향을 생각하면서, 그의 활동이 독립운동사에 남긴 성과를 생각하면서 말이다. 심장이 오그라들 만큼 안동과 대구, 서울, 북경을 뛰어다니며 독립운동에 헌신했던 그의 40년 짧은 인생길이 후손들에게 말하고 있는 것은 무엇일까?

직접 총을 들었던 그의 행동 실천을 이해하는 것은 그리 어려운 일이 아니었다. 〈계절의 오행〉에서 그는 "무서운 규모가 그의 형제들을 키워주었다"라고 했다. 여러 독립운동가(이광호, 이열호, 이영호, 이원영)를 키워낸 원촌마을에서 그는 1904년 4월 4일 태어났다. 퇴계 이황 선생의 14대 손이다. 친가 쪽은 향산 이만도[2]를 비롯해 독립운동 가를 길러냈고, 모친 혈통도 의병장[3]을 배출한 집안이었다. 그 영향이 었는지 그의 형제들은 항일투쟁에 뛰어들었다. 그의 형 이원기[4]도 조 선은행 대구지점 폭탄사건(장진홍 의거)으로 검거되어 고문을 받고 불구의 몸이 된다. 이육사의 집안은 그랬다. 아마도 퇴계 이황선생의 경敬사상-경천애인敬天愛人[5]사상은 자연스럽게 독립운동으로 이어졌 을 지도 모른다. 잘못된 것을 보고 잘못되었다고 말하며 바로 잡으려 고 행동으로 옮긴 이들이 그들 형제들이었다.

일본군을 향해서 총을 쏘면서도 시를 썼던 시인詩人, 이육사李陸史. 여리고 예민한 감수성을 가진 시인은 동지同志 윤세주가 적의 총탄에 맞아 절규하며 죽어가는 것을 보며 무슨 생각을 했을까? 정의正義를 말하고 싶었을 이육사. 본명인 이원록이라는 이름을 버리고, 대구형 무소에 구속되었을 때의 수인번호 264를 따서 자신의 예명으로 쓴 것 을 보면 그는 대륙의 역사陸史를 잇고 싶었는지도 모른다. 그가 1930 년에 〈조선일보〉에 '말'이라는 시를 발표했다는 사실도, 1933년 〈신 조선〉에 '황혼'을 발표하여 시단에 데뷔했다는 사실도 중요하지 않 을지 모른다. 1937년 윤곤강, 김광호 등과 동인지 〈자오선〉을 발간한 것도. 그가 시를 짓고 동인지를 발간하고 때로 신문사, 잡지사에 논문 과 시나리오 등을 쓴 것은 오직 한 가지로 집중되는 일이었다. 그가 사 망한 후 신석초가 그의 유고시집, 〈육사시집〉을 내준다. 그 중에 '광 야', '청포도', '교목喬木' 등에 나타난 그의 광복에 대한 염원은 그의 저항정신을 보여주기에 충분하다. 그리고 그를 우리나라의 대표적인 저항시인이라고 명명命名하기에 부족함이 없을 것이다. 누구보다도 간절함으로 이미지의 시를 썼고, 시어를 구사할 줄 알았던 언어의 천재 시인, 이육사. 화려한 시각적 이미지와 비유로 형상화의 극치를 보이는 여러 시어들과 함축성 속에 녹아 있는 오직 한가지-광복에 대한 열망과 독립의지였음을 사유해 본다.

   그후, 2019년 8월에 안동 이육사문학관을 다시 찾아갔다. 말끔하게 새단장이 되어 있었다. 문학관을 둘러보면서 글감을 많이 얻었다. 그 이야기는 다음 책 (3권)에 싣기로 한다.

   청포도
                    이육사

내 고장 칠월은
청포도가 익어 가는 시절

이 마을 전설이 주저리주저리 열리고
먼 데 하늘이 꿈꾸며 알알이 들어와 박혀

하늘 밑 푸른 바다가 가슴을 열고
흰 돛 단 배가 곱게 밀려서 오면

내가 바라는 손님은 고달픈 몸으로
청포를 입고 찾아온다고 했으니
내 그를 맞아 이 포도를 따 먹으면

두 손은 함뿍 적셔도 좋으련

아이야 우리 식탁엔 은쟁반에
하이얀 모시 수건을 마련해 두렴

1) 의열단 ; 김원봉이 단장으로 있던 의열 활동 단체. 폭력적인 혁명에 의한 일제 타도라
　 는 전술을 통해 독립 쟁취를 목표로 했음.
2) 1910년 자정 순국함.
3) 허 위
4) 1990년 건국훈장 애국장이 추서됨. 동생 이육사와 동일.
5) 하늘을 공경하고 인간을 사랑한다.

78

덕포진 이야기

그림: 전규태(한국문화예술총연합회 학술원장)

바다 위에서 타는 촛불
-덕포진 선돌묘

姜笑耳

임금 실은 배
송도에서 강화로 가자 한다
만주벌판에서 휘달려오는 말발굽 피하자 한다
광성보, 초지포가 어디인가
염하강은 암초, 거센 파도에
물살 회오리다
"저놈, 뱃사공의 목을 베어라"
"이곳은 원래 물살이 거세옵니다.
 여기만 지나면 뱃길 비단길 되오리다"
" 저 몽고 첩자 놈이 짐을 시키면 바다 구멍에 빠뜨리려는구나 "
동강난 사공의 목

성난 고래처럼, 물살은 여전히 휘모리장단이다
바람에도 다시 수직으로 타오르는 촛불처럼,
심지 꺼진 촛불이 탄다
타오르는 불꽃의 새
배 앞에 바가지 되어
둥둥

왕은 강화섬에 무사히 내리신다

덕포진 바다 언덕 위에
덩그마니 혼자 타고 있는 해당화

고려의 뱃사공,
선돌

* 해당화의 꽃말은 원망과 온화이다.

　가스통 바슐라르의 [촛불의 미학]을 읽지 않았다고 해도, 자신을 태워 주위를 밝히는 촛불에 대해서 모르는 사람은 없을 것이다. 까만 심지를 태우며 주홍빛 불꽃이 수직으로 타오르는 아름다움 앞에 사람들은 마음을 가다듬는다.

　며칠 전 김포에서 초지대교를 건너 강화도로 가는 길이었다. 다리를 건너기 전 오른쪽 길로 접어들어 2.4km의 포장도로, 굽은 길을 들어가니 덕포진 전시관이 나왔다. 그곳에 그런 것이 있으리라고는 상상도 못했던 일이다.

　전시관에서 보았던 것 중에 김포에서 발굴된 유물-도자기 몇 점과 탄화미, 기와, 석기, 석촉들 보다는 녹슨 중포中砲와 소포小砲의 실물을 본 것이 심상치 않게 느껴졌다. 이곳 덕포진도 강화도의 광성보나 초지진과 함께 열강의 외세를 몰아낸 곳이라는 직감은 있었으나, 유

덕포진전시관/ 사진출처: 네이버

리벽 속에 전시된 포를 보면서 김포에도 이런 곳이 있다는 사실에 놀라지 않을 수 없었다.

전시관을 나와서 직원의 안내에 따라 덕포진 포대砲臺를 걸었다. 야트막한 언덕길을 힘들이지 않고 걸어가니 15개의 포대가 바닷길을 따라서 나선형을 그리고 있다. 몸을 낮추어 안을 들여다보니, 포대마다 큰 돌멩이가 하나씩 놓여있다. 아마도 포를 고여 놓았던 받침대로 짐작되었다. 사각형의 작은 포대砲臺 안에 바다를 향해서 또 작은 사각 창문이 뚫려있다. 포의 입구를 그 창밖으로 길게 빼고 포를 쏘았을 것으로 상상이 되었다.

서해를 바라보며 둑길을 한참 걸었다. 파수청把守聽을 지나니, 바다를 보며 언덕 위에 무덤 하나가 덩그마니 혼자 있다. 비석 또한 그의 묘 높이보다 더 큰 키를 하고 있다.

묘 둘레를 화강석으로 둘레석까지 두르고, 돌에는 매화와 새가 섬세하게 부조로 조각되어 있다. 묘 옆에 설명판을 읽고 손돌묘에 대한 전설은 어느 정도 파악이 되었지만, 뭔가 더 자세히 알고 싶다는 간절함이 몰려왔다.

고려 때 손돌이라는 뱃사공의 묘. 일반적으로 산소는 산에 있게 마련인데, 손돌의 묘는 손돌목 협류가 보이는 덕포진 해안 언덕에 홀로 있는 것이 특이하지 않은가? 고독이다. 어느 정승의 묘보다 더 정성들여 왕명으로 사당까지 지어주고 후히 장사지내졌다는 전설이 내려온다지만, 덩그러니 홀로 바다를 내려다보는 그의 묘는 외롭지 않겠는가? 문화해설사의 설명을 자세히 듣고 싶어 해설사를 찾았으나, 그날은 나오지 않았다는 답변이었다. 집에 돌아와 여러 날 공부를 하다가 그 무덤과 덕포진 포대까지 발굴한 분이 김기송金基松씨라는 것을 알게 되었다. 김포시청 문화예술과에 협조를 요청해서 그분과 인터뷰 약속을 잡고 나흘 만에 그곳을 다시 찾아갔다.

김씨는 건초를 말려 사료를 만들며 이따금 농촌지도소에서 비료 만드는 것에 대해 강의를 하며 지내는 착실한 독농가篤農家다. 마을에 내려오던 고려 뱃사공 손돌에 대한 전설을 익히 들으며 지내고 있던 터에 손돌의 묘가 일제 강점기와 한국전쟁을 거친 후 훼손된 채 아무렇게나 방치되어 있는 것을 발견하게 된다. 손돌 묘 옆에 있던 사당도 모두 없어진 채 기와 조각만 그 터에 남아있는 것을 발견한 것이다. 고려시대 이후 해마다 제사를 지내오다가 일제 때부터 제사가 중단되었다는 것도…. 이를 안타깝게 여긴 김씨는 손돌의 묘를 다시 복원하고 제사를 지내도록 김포시청에 건의하여 그 일을 이뤄낸 사람이다. 1970년대의 일이었다.

손돌목은 김포군 대곶면 신안리와 강화군 광성진 사이의 좁은 해협을 이른다. 이곳은 평상시에는 세곡미를 운반하는 뱃길이었으며 전시에는 적을 방어하는 진지로 사용되었다는 염하강의 일부이다. 강화도로 가는 바다 가운데 암초가 있어 물살이 매우 거세고 위험한 곳이다.

몽고의 침입을 받은 고려의 고종이 적을 피해 강화도로 수도를 옮기고 자신도 몸을 피하고자 배에 올라탄다. 바다 위를 잘 떠오던 배가 손돌목에 이르러 급한 물살에 배가 이리 저리 움직이며 풍랑을 견디지 못하게 된다. 불안해진 왕은 손돌이 몽고가 보낸 간첩이라는 의심의 끈을 놓지 못한다. 손돌 간첩이 급류의 위험한 지경으로 몰고 가서 자신을 죽게 할 것이라는 강한 불안…. 몇 번을 배를 돌려 순탄한 뱃길로 갈 것을 명령하였으나 그 때마다 손돌은 "이곳은 원래 이런 곳이며, 조금만 가면 급한 물살을 벗어날 것이니, 충성심을 믿고 조금만 기다려 주십사" 재차 간청을 한다. 왕은 손돌의 말을 믿지 못하고 참수하라는 명령을 내린다. 손돌은 죽으면서 "배 앞에 이 바가지를 띄우시고, 바가지가 떠가는 대로 노를 저으면 곧 강화도에 안전하게 도달할 것입니다." 하면서 숨을 거둔다. 촛불의 마지막 심지가 꺼지는 순간이다. 심지가 꺼져도 촛불은 계속 타는 법일까?

　손돌이 죽고 더 거세진 물살에, 두려움에 사로잡힌 왕은 손돌의 바가지를 배 앞에 던졌고 바가지가 이끄는 대로 무사히 강화도에 도착하게 된다. 그제서야 자신의 경솔을 크게 뉘우치고 손돌을 후히 장사

덕포진에서 발견된 포

지내고 사당을 지어 그의 혼을 위로하라고 명한다. 참수당한 후에도 손돌은 영혼의 촛불을 밝혀 왕을 무사히 건너게 해주었다는 전설이다. 손돌에게는 부인이 있었다거나 아이들이 있었다는 기록은 전혀 없다. 그

포대 내부 모습

저 뱃사공 손돌로만 전해진다. 촛불이 타면서 촛농을 흘리는 것은 초의 눈물이라는 말이 있다. 손돌이 죽었으나 눈물을 흘려준 이가 있다는 기록이 전혀 없다. 죽어서도 왕의 도하渡河를 도왔던 갸륵하고 어진 뱃사공 선돌. 그러나 그의 기일 10월 20일쯤이면 그가 참수되었던 손돌해협(손돌목)은 물살이 몹시 거세지며 바닷바람이 극도로 심해지곤 했다는 것이다. 손돌의 노여움이 성난 물살과 바람으로 표현된다고 믿는 김포의 이야기이다. 물론, 그 때부터 그 해협의 이름이 손돌목이라고 붙여진 것은 말할 것도 없다.

그러나 김기송씨의 말에 의하면, 일제 때 끊어졌던 그의 제사를 다시 지내주자 바람과 물살의 강도가 약해졌다고 한다. 자연현상, 기상

에 관한 것을 제사와 연관시켜서 해석하는 것은 사람들의 자기 위안이라고 해두자. 비과학적이고 비논리적이라고 해두자.

그런데 김기송씨의 그 다음 말이 더욱 더 놀라웠다. 손돌의 묘를 새 단장하고 제사를 복원한 후, 어느 고총古塚에서 해 뜨고 별 뜨는 광채가 나오는 꿈을 꾸고 지금의 덕포진 나-포대를 파보게 되었다는 것이다. 자신의 사비私費를 들여서 인부들을 동원하여 땅을 깊게 파보니 그곳에서 5개의 포대와 포가 발견되었다는 것이다. 그렇게 하여 가-포대에서는 7포대, 다-포대에서는 3포대가 발견되었다는 것이다. 6개의 포와 함께…. 포대가 많이 나온 순서대로 가, 나, 다의 포대 이름을 붙였다고 한다. 아마도 한국 전쟁이 나서 홍수 등으로 포대가 땅속에 매몰되어 있던 것이 아닌가 하는 짐작이다. 혹은 일제 때 우리 문화재를 함부로 일본으로 반출하는 것을 막기 위해, 의병들이 흙 속에 숨겨두었을 것이라고 김씨는 설명한다. 어쨌든, 땅 속에 숨겨져 있던 것들을 모두 한 사람의 열정으로 발굴해내었다는 것이 놀라울 따름이다. 이곳이 신미양요와 병인양요의 각축장이었다는 설명에도 놀라지 않을 수 없었다. 그러나 신기한 것은 병인양요를 승리로 이끌었던 양헌수 장군이 강화도 도하渡河 작전을 위해 공격용 대포를 숨기기 위해 지형을 살피던 중 풍속에서 전하는 대로 손돌 묘에 가서 "손돌님의 영혼이 있다면 충의로 일어나는 분한 마음이 만고에 뻗칠 터이니, 빌건데 이곳을 지나는 적선敵船을 복멸케 하여 주소서" 하고 무운을 빌었다고 한다. 그 기원대로 손돌의 영혼이 도왔는지, 양헌수 장군의 전략과 전술이 뛰어나서였는지 프랑스 함대는 40여일 만에 물러가게 된다.

재미있는 이야기다. 때로는 이렇게 감성적인 이야기 거리도 우리들의 집단 무의식을 충족시켜주고 있지 않나 싶다. 그렇게 우리는 프랑스 군이나 미국군을 손돌 해협에서 물리쳤다. 여기서 우리는 나라를 지키기 위해 진지를 만들어 놓았던 선조들의 안간힘을 읽을 수 있다. 덕포진은 임진왜란이 끝나고 전쟁의 쓰라림을 겪은 선조께서 설치하게 했다고 추정하고 있다. 서울로 진입하는 어구인 손돌항이 군사의 요충지라는 것을 알고 수도 한양을 지키기 위한 노력이었다는 것을.

또한, 그 당시 포대마다 불을 공급해 주던 파수청把守聽 터에서 둥그렇게 돌화덕의 흔적과 상평통보도 세상 밖으로 나왔다. 흙 속에 묻혀 있던 덕포진을 모두 다 세상 밖으로 꺼내어 사적 292호로 지정되게 만든 노력에 박수를 보내야 하리라. 동네 사람들은 그를 "미쳤다"고들 했고, 혼자 타는 촛불만큼 그는 고독했다. 문화제 보호법으로 도굴의 의심을 받고 9년 동안 발굴이 중단되어야 했던 일도 있었다. 바람이 불면 촛불은 흔들렸다가도 다시 제자리를 찾고 수직으로 꼿꼿이 타오른다. 순박한 농부로 그는 다만 심지를 태우며 촛불이 되어 땅 속에 감춰졌던 사적들을 캐냈다. 땅 속에서 감자알이나 고구마 알을 캐내듯이.

김포 덕포진에 가면 맑은 빛 촛불을 여럿 만날 수 있다.

그대 얼굴은 빛바랜 하얀 광목 아닐지라도
놈 얼굴 한 대 후려치듯
놈 얼굴 복판에 태극문양 덧대어 박아
4괘 그려 넣고
파고다 공원, 아우내 장터 함성 담았구나.

2부

독립운동가를 찾아 떠나는 여행이야기

진관사 칠성각 흙벽 속에서

서울의 끝자락 구파발을 지나면, 서울을 벗어나 경기도 대화쪽으로 열차가 달린다. 3호선은 서울과 경기도 일산, 파주를 잇고 있다. 고려 현종 2년(1011년) 신혈사 자리에 지어진 진관사도 고려시대, 조선시대를 이어 오늘날까지 천년 세월의 시간을 잇고 있다.

4,380,000여 일 동안, 그 절에서는 얼마나 많은 일들이 일어났을까?

고려 때, 반대파가 대량원군을 죽이려하자 진관조사가 절(그 때는 신혈사) 대웅전 불상 뒤에 숨겨 목숨을 구해준다. 대량원군이 현종으로 등극한 후 진관조사의 이름을 따서 지어준 보은報恩의 절이 진관사다.

태조 이성계가 조선을 건국하면서 많은 사람들을 살생한 것을 참회하기 위해, 이 절에서 수륙재를 베풀었다는 기록도 있다. 그 후 왕실의 지원을 받으며 수륙재가 몇 차례 올려졌다고 한다. 지금은 비구니女僧들의 기도도량으로 널리 알려져 있는 절이다. 북한산 비봉으로 등산을 가는 등산객들이 스쳐지나가는 곳이다. 그러나 일제강점기 때 진관사를 거점으로 불교가 독립운동에 깊게 관여했던 천년고찰임을 아는 이는 많지 않은 것 같다.

　구파발역에서 내려 마을버스를 타면 10여분 만에 진관사 입구에 내려준다. 천천히 산 공기를 마시면서 산길을 걷다보면 10여분 만에 닿을 수 있는 곳이 진관사이다. 멀리 북한산의 봉우리들로 둘러싸인 진관사의 풍광은 사람들의 마음을 끌고도 남음이 있다. 며칠 전 구파발역에서 내려 진관사 칠성각을 찾아 나지막한 산길을 걷다가 절 입구 100여m 앞에 넓적한 돌에 새겨진 태극기를 보았다. 칠성각에서 90년 전에 발견된 기미독립운동 때 사용하던 태극기라고 한다.

　진관사에 도착하니 대웅전 뒤에 금강송들이 병풍처럼 절 주변을 두르고 있다. 규모가 그리 크지 않은 아담한 고찰에 들어서자마자 칠성각을 찾았다. 칠성각 왼쪽에도 태극기가 아크릴 판 안에 도화지 크기로 사진이 전시되어있다. 태극기가 발견된 경위와 백초월 스님의 얼굴도 들어있다. 자세히 읽어보고 사진도 찍고 칠성각 문고리를 살짝 당겨 보았다. 대웅전에 계신 부처님보다 훨씬 작은 크기의 아기 부처님(1/50정도)이 앉아 계시고, 왼쪽으로 태극기가 발견된 자리에 태극기 액자가 놓여있다. 칠성각 안으로 들어가 그 모습을 사진기에 담아

본다. 두 사람 정도가 누우면 꽉 찰 정도의 작은 방에서 백초월 스님이 태극기와 신문들을 감추고 계실 모습을 상상해 보았다. 급박한 긴장 감이 느껴진다.

민족대표 33인 중에 한용운 스님과 백용성 스님, 백초월 스님의 이름 이 올라가 있는 것은 사실이다. 만해 한용운 선생에 관한 공적은 여기 저기에서 인정되어 심우장과 만해기념관이 남한산성에도 백담사에 도 현재한다. 그의 생가도 충청도 홍성에 보존되어 있다. 만해는 「님 의 침묵」이라는 시집으로도 유명하다. 종로 3가 대각사의 용성스님 도 독립자금을 모아 상해임시정부로 보냈으며, 윤봉길 의사로 하여금 상해로 건너가 살신성인殺身成仁하도록 독려했던 독립운동가로 유명 하다. 그분들에 못지않게 독립을 위해서 고군분투하신 백초월(1878- 1944, 본명 白寅榮) 스님에 대해 아는 사람은 유족들과 역사학자들이 고작이었다. 그러나 주머니 속에 송곳은 밖으로 반드시 드러나는 법 이며, 향을 쌌던 종이에서는 반드시 향내가 나는 법이다. 유족들의 노 력으로 간신히 순국선열 명부에 이름만 건국포장으로 올라있던 그의 공적이 90년 만에 세상에 드러나게 되었다.

인간에게 재능과 재물을 주고, 비를 내려 풍년을 들게 해준다는 도 교의 칠성신. 칠성신을 받드는 칠성각이 진관사 대웅전 오른쪽 후원 에 있다.

6·25 때 진관사 전체가 불에 타는 위기에 놓였을 때도 나한전, 독성 전과 함께 칠성각은 불에 타지 않았다. 불단과 기둥 사이 벽 뒤에서 광 목 태극기에 싸인 6종 21점의 독립신문류도 흙벽 속에서 무사했다. 오 랜 비바람에 단청이 벗겨지고 낙후된 칠성각을 복원하기 위해 해체

하던 중에 인부들에 의해 보자기에 싸인 꾸러미가 발견되었다. 2009년 5월 26일 오전 9시경이었다. 일장기 위에 다른 천으로 태극을 정교하게 박음질하고 건곤이감의 4괘를 그려 넣은 태극기. 태극기는 왼쪽 윗부분 끝자락이 찢기고 불탄 흔적이 있었다. 광목천 흰 부분이 누렇게 변질되어 있었지만, 3·1운동 때 사용하던 태극기와 동일하다. 그것들을 벽 속에 넣고 흙을 발라 그것들을 은폐시켜 놓은 이유가 무엇일까? 일본의 감시를 피하기 위해서였을까? 그 당시는 태극기를 갖고 있는 것만으로도 위험인물로 몰려 끌려갔을 테니 그것을 피하기 위함이었을까? 불에 타다만 흔적이 있는 것으로 보아, 불에 탈뻔한 태극기를 소중히 간직하기 위해 칠성각 뒷벽에 안전하게 숨겨두기 위한 백초월 스님의 높은 뜻이었을까? 4괘의 위치와 크기는 오늘날의 태극기와는 다르지만, 그것은 기미년 독립운동에 사용하던 것으로 밝혀졌다. 신용하 교수는 그 자료를 통해 '태극기'와 '단군기념'이라는 깃발을 걸고 임시정부 수립 '축하문', '선언서', '포고문' 등을 진관사에 맡겼던 증거물로 해석하고 있다.

　백초월 스님은 항일 비밀결사 조직인 일심교一心敎와 보살계 법회를 통해 군자금을 모아 상해 임시정부로 보낸다. 임시정부와 서울과의 긴밀한 비밀 연락망인 연통제가 이곳 진관사에 거점을 두고 있었음을 말해준다. 독립신문과 비밀 지하신문을 조선에 배포하며 독립운동을 벌였던 것이다. 독립신문들이 1919년 6월~12월 사이에 상해와 서울에서 발행된 것을 보면 알 수 있는 사실이다. 상해에서 발행된 임시정부 기관지 독립신문, 신채호의 신대한신문新大韓新聞, 천도교가 발행한 지하신문인 조선독립신문 등 똑같은 것이 두부씩 있는 것으로 보아, 백초월 스님의 활동을 짐작할 수 있다.

그 뿐 아니라, 1920년 2월 일본으로 건너가 도쿄유학생들과 독립운동을 일으키려다가 체포되었고, 1920년 4월 상해임시정부에서 파견된 신상완 스님과 '승려의용군'을 조직, 군자금을 모으려다 또 체포된다. 수차례 체포되면서 일본의 감시를 피하기 위해 정신병자 행세를 하기 시작한다. 실제로 죽은 거북이와 얘기를 하는 등 이상한 행동을 보이는 바람에 체포된 뒤 정신병으로 금방 석방되어 나오면 또 독립운동을 하다가 또 체포되고 심한 고문을 당하고 병보석으로 풀려나고 또 체포되고…. 진관사와 마포나루에 있는 극락암(진관사 포교당)을 거점으로 전국 사찰을 돌아다니며 은밀한 독립운동과 신문 배포를 끊임없이 반복하는 오뚝이 같은 스님이었다. 머리를 인두로 지지는 고문을 심하게 받은 탓에 여름에 모기에 물려도 인식하지 못하고, 겨울에 문을 열어놓아도 추운 것을 알아채지 못할 정도였다고 한다. 어떤 고문에도 굴하지 않고 독립운동에 헌신하는 그를 따르는 일심교 회원들(70~80여명)과 함께 적극적이고 실질적인 운동을 벌여나가다가 1939년에 또 체포된다. 용산역에서 만주로 가는 군용열차에 박수남이 "대한독립만세"라는 낙서를 한다. 이 사건의 주모자로 몰려 백초월 스님은 일본 경찰에 구속되어 3년 형을 받고 서대문형무소에 복역하다가 대전 청주교도소로 이감되던 중 청주교도소에서 순국한다. 독립을 1년 앞둔 1944년 6월 29일의 일이었다. 독립운동을 하다가 감옥에서 순국한 불교계 스님은 백초월 스님이 유일하다. 그의 시신은 청주시 상당구 금천동의 형무소 공동묘지에 안치되었다가 6 . 25때 망실되었다. 그는 묘소 하나 남기지 않고 이 세상을 떠났지만, 그의 태

▲▲진관사 칠성각 흙벽 속에서 발견된 태극기 보따리 ▲진관사 칠성각

극기와 신문자료들 속에 항일구국정신으로 남아있다. 2010년 2월26
일부터 3월 14일까지 광화문에 있는 서울역사박물관에서 그 태극기
와 재료들이 대한민국 국민들에게 전시되었다. 지금은 진관사에 보
관 중이다. 진관사 종무소에 들러 자세한 설명을 듣고 그곳을 나와, 백
초월 스님의 숱한 발자국이 서려 있는 길을 따라 걸었다. 마음이 저려
왔다. 독립운동과 체포당함-고문-석방-독립운동-체포당함을 반복하

면서도 그 길을 중단하지 않았던 스님의 발자취가 길에 묻어있는 것 같다. 지나가는 등산복 차림의 한 무리의 사람들 속에서 백초월 스님이 승복을 입고 걸어오실 것만 같다.

진관사 태극기가 백초월 스님과 함께 민족혼을 상징하는 깃발로 후손들의 가슴 속에서 늘 살아서 펄럭이길 기대해 본다.

보따리 하나
         - 진관사 태극기
                  姜 笑耳

귀퉁이 한쪽 찢어지고 불탄 생채기 안고
컴컴한 흙벽 속에
32,850여일 잠자다가 깨어난 그대여
그대 얼굴은 빛바랜 하얀 광목 아닐지라도
놈 얼굴 한 대 후려치듯
놈 얼굴 복판에 태극문양 덧대어 박아 4괘 그려 넣고
파고다 공원, 아우내 장터 함성 담았구나.

어머니 자궁 속에 아기를 꼭꼭 숨겼다가 10달 만에 내는 삼신할미처럼
등 뒤 벽 속에 보따리 하나 꼭꼭 숨겼다가 90년 만에 내는 칠성신

묘소 하나 남기지 못하고
캄캄한 지하 감옥에서 숨 거둔 초월스님
보따리 하나 놓고 가셨지
삼각산 기슭, 진관사 인적 없는 칠성각에

그 골목의 여인들
── 옥바라지 골목

'몸을 어디에 누이느냐?' 하는 것은 매우 중요한 일일 것이다. 주로 여인들이 몸을 누이고 머무르곤 했던 골목이 있다. 독립문역 3번 출구로 나오면 커피전문점, 옷가게, 만두가게, 미용실도 눈에 뜨인다. 그 상점들 뒤편에 여관 골목이 있다. 어둡고 쇠락해버린 뒷골목의 모습이다. 몇 십 년 전만 해도 여관 골목은 여인들로 성시를 이뤘었다. 일제 강점기 때 백범 김구 선생의 모친 곽낙원 여사도 그곳에 머물렀었다. 도산 안창호 선생의 부인 이혜련 여사도 그랬다. 그 여인들이 여관에 머물면서 두 다리를 편히 뻗고 몸을 눕혀 편한 잠을 청할 수 있었을지는 짐작이 되고도 남는다. 우리들에게 널리 이름이 알려지지 않은 무명의 독립투사들의 아낙들도 그랬을 것이다. 그 당시 독립투사들의 대부분이 남성들이었고, 남편이나 아들이 형무소에 투옥되면 그들을 면회하는 여인들이 전국에서 몰려들었다. 열흘이고 한 달이고 몇 달씩 머물던 곳이 서대문형무소 건너편 옥바라지 골목이었다. 종로구 무악동이다. 그곳을 재개발 지역으로 묶은 것은 2004년의 일이다. 2011년 11월에는 서대문형무소와 함께 골목길 해설사의 해설 코

김구선생 광복기념관 참배 기념

6. 25전화로 소실된 광복기념 삼천불전(1949년 촬영)

스가 되기도 했던 곳이다. 그러나 지금은 허름하고 남루한 골목으로 몇몇 여관만이 문을 열고 있다. 철거를 해서 재개발을 한다는 말도 있고, 재조성하여 문화의 거리로 만든다는 말도 있다(2015년 12월 현재).

 역사의 흔적과 자취가 사라지기 전에 찾아가 그 골목에 대한 글을 쓰고 싶다는 생각이 강하게 몰려왔다. 일부러 찾아가 사진을 찍으면서 김구 선생의 모친의 모습을 상상해 본다. 작은 키의 억척스러운 인상을 가진 황해도 여인, 곽낙원 여사. 그녀가 골목을 바삐 오가고 있을 것 같은 느낌을 지우지 못한 채 이곳저곳을 둘러보았다.

 '신민회 사건'으로 서대문형무소(당시, 경성 감옥)에 투옥되었던 김구 선생을 그녀는 찾아온다. 황해도 안악의 가산을 팔아 천리만리 한성으로 와서 아들에게 밥을 넣어준다. 그 때 그녀가 머문 곳이 옥바라지 골목이었다. 그 당시 일본이 독립투사들을 투옥해 놓고 밥을 제대로 주었겠는가? 어느 어머니가 자식을 굶기려 할까? 곽낙원 여사뿐 아니라 옥바라지골목의 모든 여인네들이 그랬을 것이다. 차가운 형무소 바닥에서 쪽잠을 자며 고문을 당할 지도 모르는 남편, 아들과 조금이라도 가까이 있고 싶었을 여인들. 그들은 삯바느질과 가정부 일도 마다하지 않고 그녀들의 아들, 남편들을 먹였다. 그것이 그 당시 옥바라지 골목의 풍경화였다. 그 여인들 중 한명이었던 곽낙원 여사는 1939년 중국 중경에서 사망하여 공동묘지에 묻혔다가 1948년 고국으로 이장된다. 정릉 산골에 누워있던 그녀는 지금 대전 현충원에 큰 손자 김 인과 함께 누워있다. 그녀의 묘비에는 '애국지사 곽낙원의 묘'라고 쓰여 있다. 지금은 두 다리를 쭉 뻗고 편히 누워 계신지 묻고 싶다. 그리고 한참 동안 '그녀의 묘가 현충원에 모셔진 이유'를 생각해 보았다. 일제 때 독립운동을 한 독립투사들이 한둘이었겠는가? 독립투사들에게는 모두 어머니가 있을 것이다. 그러나 그들의 어머니들이 모두 현충원에 묻히지는 못했다. '애국지사 000의 묘'라는 묘비도 얻지 못했다. 그러나 곽낙원 여사에게는 그것이 주어졌다. 상해임시정부의 주석이었던 김구 선생에 대한 예우였을까? 그 예우로 '건국훈장 애국장(1992년)'을 국가에서 그녀에게 서훈했을까? 독립운동가들 중에 거성ㅌ[토]인 안창호, 이봉창, 윤봉길, 유관순 등의 어머니들에게는 어째서 그런 영광의 면류관이 주어지지 않았을까?

1875년에 황해도에서 출생, 14세에 결혼하여 17세에 김구 선생을 낳았다는 사전적인 지식은 중요하지 않을 것이다. 서른도 되지 않은 나이에 남편을 잃고 외아들 김구만을 바라보며 살았을 것은 당연한 일일 것이다. 그 시대 모든 어머니들이 그랬듯이…. 그러나 아들 때문에 감옥에 투옥되어 3개월간 옥고를 치른 이는 곽낙원 여사밖에 없을 것이다. 남편 김순영과 함께였다. 남편이 세상을 뜨기 전의 일이었다.

명성황후 시해 사건 이후, 치하포에서 일본인(츠치다)을 맨주먹으로 때려죽인 이가 있었다. 김구 선생이 한 일이다. 의분과 의협심이 그 일을 하게 했을 것이다. 그 일로 김구 선생이 체포되어 형무소를 전전할 때 매일 아들을 면회하며 격려하던 그녀였다. 형장에 이슬로 사라질 아들에게 "나는 네가 경기 감사하는 것보다 더 기쁘게 생각한다."라고 격려하며 의로운 일을 한 아들을 자랑스럽게 여기던 그녀였다. 김구 선생이 감옥에서 일본 순사의 눈을 피해 탈옥하는 데 성공하여 몸을 숨기고 있을 때, 일본은 김구의 부모를 피체하여 투옥시켰다. 의협심이 강한 그녀가 감옥에서 어찌 지냈으며 어찌 출옥했는지에 대한 기록을 알 길은 없다. 모진 심문과 고문에도 김구의 행방을 털어놓지 않았다. 곽낙원 여사와 부친 김순영은 아들대신 고문당하다가 처형되더라도 아들을 살리고 싶었을 것이다. 목숨을 건 일본과의 항쟁이었다. 그때부터 그녀의 생은 평범한 아낙을 넘어서 일제에 항거하는 의지의 여인이 되었던 것이다. 김구 선생이 11년 형을 받았다가 고종의 특사로 5년 만에 석방이 되지만, 김구 선생과 그의 모친은 요주의 인물로 늘 일제의 감시를 받았으며, 김구 선생이 몇 차례 투옥될 때마다 그녀의 옥바라지 고생은 이어졌다.

1939년 80세의 일기로 중국 중경에서 사망할 때까지, 그녀는 아들의 독립운동에 동행하는 동지였다는 것을 우리는 알고 있다. 임시정부가 상해-충칭-난징으로 숨어 다닐 때마다 임시정부의 일원으로 함께 했다. 아들을 사랑하여 아들과 함께 하고 싶다는 모성이라고 해두자. 그러나 그녀가 보인 몇 가지 사건들은 한 어머니의 모성을 뛰어넘는 그 무엇이 있다는 것을 보여준다.

김구 선생을 따르는 청년들과 김구의 동지들이 돈을 모아 생신상을 차려주려 하자, 그 돈에 쌈짓돈까지 보태어 총 두 자루를 사서 "독립운동에 쓰라"고 했다는 일화를 모르는 사람은 거의 없을 것이다. 생일상 차리기를 포기하고 총을 사온 그녀의 선택은 모성을 뛰어넘은 독립투사의 의지라고 보아야 할 것이다. 해서 그녀를 애국지사라 칭하게 되었는지도 모를 일이다. 중국 야채상들이 버린 쓰레기장에서 먹을 만한 것을 추려 배추 시래기죽을 끓여 임시정부 요원들을 먹였다는 일화도 우리들의 마음을 아프게 한다. 그 당시 임시정부의 재정 형편은 말이 아니었다. 임시정부 월셋돈을 밀리기 일쑤였고, 요원들은 굶주렸다. 곽여사는 구걸을 하기도 하고 모금을 하기도 하고, 쓰레기장을 뒤지기도 하면서 그들을 먹였다. 자식을 먹이고 싶은 것이 어머니의 본능이라고 해두자. 그녀는 아들 김구와 임시정부의 어머니가 되어 그들 모두를 먹였던 것이다. 그리고 나이 50이 넘은 김구 선생의 종아리를 때리며 아들을 다스렸다. 나석주 의사가 동양척식주식회사에 폭탄을 던지고 자결하기 며칠 전이었다. 나의사는 자신의 옷을 저당 잡힌 돈으로 고기와 반찬거리를 사서 곽여사에 전했다. 김구 선생의 생일상에 놓으라고…. 손님이 돌아가자 곽여사는 아들의 종아리를 호되게 때리며 "독립운동을 하는 사람이 사사로운 생일상을 받느냐?"고 야단을 쳤고, 김구 선생은 무릎을 꿇고 용서를 빌어야했다. 윤봉길 의사의 홍커우 공원 의거 후, 하와이 교민과 각계에서 군자금과 기부금이 들어와 궁핍을 면하게 되었다. 어느 젊은 임시정부 요원이 "돼지고기라도 좀 사서 먹었으면…" 라고 말하자 곽여사는 "동지의 핏값으로 고기를 구워먹자고? 독립군의 자격이 없다" 고 하며 그 청년의 종아리를 피가 나도록 쳤다고 한다. 서슬퍼런 그녀의 회초리는 굶주림과 궁핍한 가운데서도 독립운동을 하게 했던 상해임시정부의 혹독한 호랑이 선생님이기도 했다고 김구 선생은 〈백범일지〉에서 어머니를 회고했다. 중경 시절, 불만세력으로부터 김구 선생이 저격을 당해 입원 가료를 받은 적이 있다. 그 때도 곽여사는 김구 선생을 혹독하게 야단친다. "왜놈 총에 맞아죽어야지 동포의 총에 맞는다는 것이

웬 말이냐? 무슨 잘못을 했기에 동포의 총에 맞았느냐?"는 것이었다. 임시정부의 원로 위치였던 이동녕, 이시영 선생도 곽여사 앞에서는 꼼짝을 못했다. "영감들 그만 입 다물고 다들 나가시오. 젊은 사람들이 알아서 일할 수 있도록 놔두란 말이요." 이렇게 원로들을 나무랐고, 그들은 곽여사의 지휘를 받을 수밖에 없었다고 한다. 그 당시 상해임시정부 요원으로 와있던 이들을 따라오거나 뒤늦게 찾아온 그들의 아내들이 있었다. 곽여사는 그 여인들을 규합하여 상해, 충칭, 난징 등에서 여성 독립운동을 주도했다는 것을 모르는 사람이 없을 것이다.

그녀는 학교를 다니지도 많이 배우지도 못했다. 가난하여 장가를 못가고 있는 가난한 김순영에게 시집을 갔던 가난한 집 아낙에 불과했다. 그녀에게 독립운동을 하라고 강요한 이도 없었을 것이다. 다만, 독립운동을 하는 아들 곁에서 아들을 돕고 뜻을 같이 하며 점차 의식화되어 아들과 아들의 동지들까지 다스릴 수 있는 역량을 갖게 된 것이리라. 그래서 그녀를 김구 선생의 어머니를 넘어 임시정부의 어머니로 보는 것이다.

자식을 버리는 여인이 있다고 간혹 들은 적이 있다. 곽낙원 여사는 아들을 버리지 않았다. 아들이 가는 곳이면 인천교도소이든 서대문형무소(경성감옥)이든 상해임시정부이든 중국 남경, 중경…. 의로운 일에 동행하며 뜻을 다하여 버팀목으로 김구 선생의 오른팔이 되었다.

그러나 필자는 김구 선생의 모친만이 '애국지사'라는 칭송을 얻고 기려질 일이 아니라고 강조하고 싶다. 김구기념관에 청동상으로 서 있는 곽낙원 여사-치마끈을 질끈 동여맨 고단한 여인, 한 손에는 아들

지금은 옥바라지 골목의 모습은 자취를 감추고 모두 헐리었다. 재건축으로 호화로운 아파트 단지가 들어서 있다.
(2019년 12월 8일 현재)

에게 먹일 밥바가지를 들고 있는 여인상女人象-은 그 시대 모든 독립
투사들의 아낙들의 모습이라고, 옥바라지 골목의 여인들 모두가 다
독립투사들이라고 강조하고 싶다.

　　그 여인들의 질곡의 골목은 우리들에게 기억되어야한다. 들꽃 향기
짙은 무악재 고개 너머 저 멀리까지….

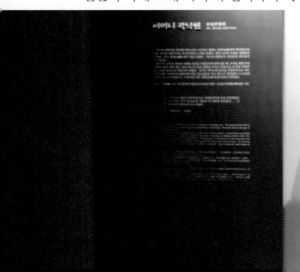

곽낙원 여사 동상

꽃보다 아름다운 선율
─ 이가순 선생

    기다리던 여름방학이 시작되자마자, 학생들은 쉬지도 못하고 고양시 역사탐방길에 나선다. 학교 앞 정문에서 아침 일찍 집결하여 고양시에 소재한 '독립운동유공자 유적지'를 찾아나서는 날이다. 아침부터 보슬비가 오고 있다.

    고양시와 연관된 독립운동가로는 '김찬', '양우조', '이가순'이다. 학생들은 그날 세 분의 독립유공자들에 대해 공부할 계획이었다. 일산동구 지영동 산19번지에 있는 '김찬 독립운동가'의 묘소를 찾아 무사히 답사를 마쳤다. 그리고 양우조 독립운동가의 묘소를 찾아 다녔으나, 가는 곳마다 허탕이었다. 여름 햇살이 어느새 세수를 하고 나왔는지 후덥지근한 날씨가 되었다. 언제 소나기가 퍼부을지도 모른다. 우리들은 논두렁을 걷고 산길을 걸었다. 지나는 사람들에게 물어보면, "그 지번은 여기가 아니고, 저기 산을 하나 넘으면 무덤들이 밀집해 있으니 그곳이 맞는 것 같다."고 한다. 학생들은 어느새 웃통을 벗어부치고, 다리를 걷어 올리며 걸으면서 더위와 배고픔을 호소해온다. 고양시 지영동에 있는 묘지를 다 찾아다녀도 양우조 선생의 묘소는 없었다. 결국, 국가 보훈처에 연락을 해보고 나니, 그의 묘소는 소재 불명이라는 답변이다. 갑자기 비가 퍼붓기 시작한다. 학생들을 식당으로 이동시켜 따뜻한 설렁탕과 만두국으로 그들의 피로를 덜어내 준다.

　사람들은 누구나 외롭다. 외로워서 고독사孤獨死를 한다고들 한다. 양우조 선생의 묘소가 "고양시 지영동 산93(산7-6)"이라는 지번地番은 우리를 외롭게 했다. 외국인들의 공원묘지나 ○○묘지에도 ○○묘지에도 그는 없었다. 외로운 지번만 갖고 있을 뿐 양우조 독립유공자는 무덤을 갖고 있지 않았다. 유공자의 묘소인지도 모른 채 어떤 사업체 부지로 들어갔는지는 알 수가 없다. 지번으로 찾아간 곳엔 공장이 있기도 했고, 공원묘지가 들어서 있기도 했으니 말이다. 00공원묘지에서 유가족인 듯한 사람들이 가족의 묘에 꽃을 놓아주고 있는 것을 보았다. '그 묘소의 주인공은 죽어서도 외롭지 않구나!' 하는 생각을 했다. 유가족들이 찾아와주고 꽃을 놓아주니 말이다. 묘소마다 꽃이 가득이다. 공원묘지는 꽃밭이다. 그렇게 죽음을 꽃으로 장식하는데, 양우조 선생은 꽃 한 다발 놓아줄 묘지, 비석 하나 갖고 있지 않았다. 우리 학생들 20여명이 비를 맞으며 찾고 찾아 다녔는데도 그들은 거기에 없었다. 외로움이 몰려온다. 학생들의 표정도 지치고 외로워 보인다.

　외로운 마음을 안고, 우리는 일산 동구 장항동 906, 호수공원 한울 광장 한 켠에 있는 '이가순 공적비'를 찾았다. 하루 종일 헤매던 우리들이 '이가순 공적비'를 발견하니 천 년 만에 만나는 보물만큼이나 반가웠다. 뭔가 실체를 보았다는 감격이 밀려온다. 하얀색 화강석으로 만들어진 커다란 공적비…. 거기엔 이가순 선생의 독립운동의 공적과 고양시에 끼친 공적이 낱낱이 적혀 있었다. 고양시에서 찾아가 봄직한 '호수공원' 한켠에 조용히 서 있는 '이가순 선생'. '이가순 선생'도 고양시가 자랑하는 독립유공자이며 '자랑스러운 고양인'으로 선정된 분이시다.

그 시대를 살아보지 않은 우리들은 '이가순'이라는 인물을 만나본 적이 없다. 그러나 한 사람의 존재감이란 얼마나 대단한 것인가? 힘겨운 시대에 한 줄기 빛처럼 그분은 일제강점기를 살다 가셨다. 친일을 하지도 않았고, 자신의 안일만을 위해서 살지도 않았다. 그분은 자신의 일생을 독립운동과 고통당하는 사람들을 위해서 헌신을 하다가 고양시에서 눈을 감으셨다. 독립을 앞둔 1943년의 일이다.

원산 출신인 그가 원산 3·1 독립만세를 주도했었고, 신간회 활동과 물산운동을 펼쳤던 일이나, 상해임시정부를 지원했던 일이나 독립운동을 하다가 서대문형무소에 투옥되었던 일을 역사는 기록하고 있다. 그리고 1905년 원산 대부흥 운동 당시 감화를 받고 원산에서 개신교 교회 전도사로서 목회활동을 했던 일, 감리교 장로로서 교회를 지원하고 직접 교회를 세우기도 했던 일을 기독교史는 또 기록하고 있다.

그런데 그의 공적비는 고양시 호수공원에 세워져 있다. 그가 고양시 독립유공자로 자리매김을 한 데는 이유가 있다. 그는 고양시 양곡으로 이주하여 그곳에 터전을 잡는다. 한강이 범람할 때마다 한강제방이 무너져 능곡 일대가 물에 잠기곤 했던 능곡일대의 농토, 홍수뿐 아니라 가뭄 피해도 극심하여 일대의 농토가 버려지다시피 한 것을 보고 이가순 선생은 수리사업에 들어간다. 농민들의 어려운 처지를 보고만 있지 않았던 것이다. 제방을 쌓고 물길을 만들어 한강물이 들어오고 나가게 하는 관개사업에 착수한 것이다. 행주산성 아래에서 파주 교하 심학산에 이르는 일산제방(대보뚝) 축조는 단 시간에 이뤄지지 않았다. 그 일을 이루지 못하고 이가순 선생이 1943년에 타계하자, 그의 큰아들 이원재가 부친의 뜻을 이어 대보뚝을 완성했다. 그 결과 척박하기만 했던 농지가 기름진 옥토로 변하였다.

일을 이루지 못하고 눈을 감으면서 '이가순 선생은 어떤 생각을 했을까?' 잠시 생각해 본다. 안타깝고 아쉬웠으리라. 그러나 부친의 거룩한 뜻을 이어받아 유업을 완성시켜 낸 아들 이원재(의사)도 이가순 선생만큼이나 뜻이 높은 사람이라는 생각을 했다. 사리사욕으로는 이뤄내지 못할 일이 아니지 않은가? 누가 칭찬을 해주는 일도 후원을 해준 일도 아니질 않았겠는가? 이원재 선생이나 이가순 선생이 그 일을 할 때 주변사람들이 무엇이라고 했을지 짐작이 된다. 모두 '미친 짓' 이라고 했을지도 모른다. 이원재 선생은 독립운동을 하던 부친에게 학비 지원을 받지 못해 고학으로 연세 세브란스의대 공부를 했다고 기록되어 있다. 그리고 그는 의사가 되었고, 만주 고려병원, 강릉 관동병원을 운영하며 아버지처럼 독립자금을 지원했다고 한다. 1934년에 고양 능곡에 금강병원을 세우고 말을 타고 다니며 병든 사람을 치료하고, 자신의 사재를 털어 부친과 함께 양수장과 수로를 만들고 고양 수리조합을 조직하여 후에 국가에 헌납했다고 한다. 1950년 2월 6일 타계하자 고양 군민장 영결식에 그의 죽음을 애도하는 발길이 어떠했는지 짐작이 되지 않는가?

　두 부자의 이타적인 마음이 고양시 능곡 일대를 곡창지대로 만들었다. 그 시대나 오늘날에나 아픈 사람을 고쳐주는 의사라는 직업은 천사의 손길일 것이다. 환자를 치료하는 일에 그치지 않고, 빼앗긴 나라를 구하려 독립자금을 조달하고, 홍수와 가뭄이 앗아간 농지를 옥토로 바꾸려 수리사업을 하고….
　그는 독립운동에 직접 투신하여 옥고獄苦를 치렀던 부친 이가순 선생은 하늘의 뜻을 행한 분이 아니었을까?

　세계적으로 유명한 정명훈, 정명화, 정경화, 정명소는 독립운동가 '이가순 선생'의 외손이다. '이원재 선생'이 저들의 외삼촌인 것이다. 아름다운 선율이 세계에 퍼져 나가는 것 같다. '이가순 선생'과 '이원재 선생'의 아름다운 이타심과 함께 말이다. 아름다운 선율은 꽃보다 아름답다.

끝나지 않은 이야기 1
—주기철 목사의 일사각오

　여행은 발길을 옮기는 일이다. 그의 족적
足跡을 찾아가는 여행길을 행동으로 옮기
는 데는 몇 달이 걸린 것 같다. 마음에 품어
도 발을 움직이기 힘든 게 현실이라는 생
활의 무게인 모양이다. 동행을 하기로 한
친구는 구정이 지나야 한다고 했다. 내게도 분주한 일들이 잡혀있던
터라 창원 여행은 미뤄지기만 했다.

　경남 창원은 가까운 곳은 물론 아니다. 창원중앙역에서 내려 그의
기념관까지 가는 차편도 쉽지는 않다고 했다. 그러나 가야했다. 만해
한용운 스님, 대각사 백용성 스님, 진관사 백초월 스님, 대종교의 안희
제 선생, 동학에 손병희 선생에 대해서 답사를 다녀왔으면서 그분을
빼놓아서는 안된다는 생각 하나뿐이었다. 내가 기독교에서 세례를 받
은 것이 고교 시절이었고, 신앙을 떠나있긴 해도 친정집에 대한 그리
움 같은 향수로라도 그 분을 찾아가야 할 것 같았다. 종교를 떠나 그분
의 행적이 역사에 남긴 파장을 캐보고 싶었다.

　봄을 며칠 앞두고 새벽 기차에 올랐다. 창원 중앙역에서 내려 버스를 두번이나 갈아탔다. 1시간 반이 넘게 걸린 것 같다. 버스 정류장에서 진해읍성을 따라 7~8분 걸었다. 다리가 아프고 지치기 시작한다. 여행이란 이렇게 찾아가는 것만으로도 에너지가 다 소진되는 것 같다. 기념관은 2층으로 되어 있었다. 말끔하게 단장한 깨끗한 주황색 벽돌 건물.

　2층부터 돌아보기로 한다. 그의 사랑방도 한실韓室로 재현되어 있다. 그의 강대상과 설교하는 모습이 밀랍 인형으로 만들어져 있고, 맞은편에는 마산 십자바위1)가 그대로 만들어져 있다. 한쪽에는 손발이

묶인 채 거꾸로 매달려 있는 모습의 밀랍인형이 유리 속에 들어 있다.

신사참배라는 낱말은 역사시간에 배웠던 기억이 있다. 머릿속에 그리 깊이 이해되지 않는 단어였던 것 같다. 아마도 시험공부를 하기 위해서 외웠던 '역사 용어' 정도로만 스쳐갔으리라.

창원 여행을 앞두고 신사참배에 대해 공부를 해도 쉽게 이해가 되지 않았다. 그리 쉬운 문제가 아니라는 생각이 들었다. '야스쿠니 신사[2]'는 "천황을 위해서 목숨을 바친 모든 무사계급을 신격화해 놓았고, 1차 대전과 2차 대전을 일으켰던 전범戰犯들까지 신으로 모시고 있는 곳이다. 어느 신사나 마찬가지로 매일 그들에게 제사를 지내며 그들을 기리고 있다. 다시 말해서, 우리나라를 침략했던 침략자들과, 중일전쟁과 러일전쟁에서 전사한 모든 일본인들을 제사지내고 있는 곳"이라고 되어 있다. 아시아 재패를 위해 일본이 일으켰던 전쟁에서 죽은 모든 군사들을 영웅시하여 제사지내는 곳. 미국 진주만까지 침략하는 과정에서 죽은 군사들까지….

신사神祠에 대한 공부를 마무리하기도 전에, 갑자기 일본 도쿄와 하코네 여행을 가게 되었다. 그리고 하코네 여행에서 나는 일본 여행에 대한 회의懷疑를 갖게 되었다. 하코네에 있는 아시 호수는 아름다웠다. 첩첩이 종이를 포개놓은 것 같은 산들이 풍경을 더한다. 호수의 잔잔한 물결이 평온했다. 삼나무 숲길도 인상적이었다. 날씨가 좋은 날은 후지산이 보인다는 아시 호수의 광경은 광활함과 고요함이었다. 유람선도 좋았다. 그런데, 문제는 하코네 신사였다. 일본에는 8만개가 넘는 신사가 있다고 한다. 신사마다 기리는 신이 다 다르다. 주로 조상신을 모시고 있다고 했다. 일본인들의 조상이 모두 다를 테니 신사의 숫자도 엄청날 것이다.

그런데 우리 일행을 안내해주던 여행사 가이드의 몇 마디가 몹시 거슬렸다. "5엔짜리 동전 하나 넣고, 박수 두번 치고 고개 숙여 인사하고 소원을 빌고 다시 박수 한번 치는 거예요. 한번 해보세요." 라고 권유했다. 그녀의 말에 소름이 끼치는 것 같았다. 작은 키의 단아한 단발머리의 아가씨. 분명히 강원도가 고향이라고 했으니, 한국인일 텐데 그렇게 말하고 있었다. 왜 그녀가 그런 말을 했는지? 그저 신사에 왔으니, 일본 문화를 소개할 생각으로 그리 했는지는 모를 일이다. 귀국하던 날, 비행기 옆자리에 우연히 앉게 되었을 때, 그녀에게 조심스럽게 물었다. 그녀의 답변은 이랬다. "제가 참배를 강요한 것은 아니잖아요. 재미삼아 한번쯤 해볼 수 있는 거 아닌가요?" 신사참배를 거부하다가 몇 번씩 옥고를 치르고 모진 고문 끝에 옥사한 주기철 목사님에 대해, 나는 그녀에게 말해주었다. 신사참배를 거부했던 학교마다 폐교령이 내려지고 교회는 폐쇄되었던 시절에 대한 이야기도 해주었다. 거부한 중학생, 그 가족까지 그 자리에서 칼로 베어졌었던 시절의 이야기를. 그녀는 관심 없어하는 듯했다. 자신이 하코네

신사에서 우리들에게 했던 말을 조금도 수정하거나 사과하려는 태도
는 없어 보였다. 그녀에 대한 분노로 며칠 동안 불쾌했던 기억이 있다.
결국 여행사에 전화를 하여 그 이야기를 거론했고, 강력한 항의를 했
다. "일본어만 잘하면, 그런 사람한테 교육도 시키지 않고, 가이드로
내보내시나요? 일본 여행마다 신사가 여행 일정에 들어있던데 왜 그
래야 하나요? 그 여행사가 일본 기업인가요? 그걸 모르고 여행객들
이 그냥 따라가서 그런 여행을 하고 오는 것인가요?" 나의 이런 항의
는 시정되었는지 일일이 확인할 방법이 없다. "시정하겠습니다." 라
는 정중한 답변이 그냥 말로만 끝나고 마는 것인지 개선이 되는지….
일본 여행마다 일일이 따라다니며 확인을 해보고 싶은 심정이다.

  그런 분노의 감정이 사그라지기도 전에 나는 창원 주기철 목사님 기
념관을 찾아갔다. 더 철저하게 알아야할 것 같아서였다. 목숨을 걸고
신사참배를 거부했던 분을 찾아가서 제대로 알고 와야겠다는 생각. 주
기철 목사는 1944년 4월 21일 세상을 떠났다. 지금은 평양 돌박산 공
동묘지에 잠들어 계신다. 죽은 자는 말이 없는 법이다. 그러나 그의 이
야기는 아직 끝나지 않은 것 같다.

  그의 기념관에 들어섰을 때부터 그는 계속 말하고 있었다. 그분이
왜 그래야만 했는지를? 그곳 관장님의 설명도 50여분 동안 들어보았
다. 그러나 그분에 대해서 이해를 도운 것은 그곳에서 구입해온 책 「소
양 주기철」이었다. 서울에 돌아와 곧바로 359쪽이나 되는 두꺼운 책
을 읽어 내려갔다.

출생에서 사망까지, 사후에 있었던 일까지…. 그 분의 일대기는 그리 스릴이 있거나 흥미진진하거나 번쩍번쩍하는 연예인의 이야기가 아니다. 한 목회자의 일대기다. 딱딱한 문체에 재미없는 문장들이 나열되어 있다. 문장마다 아픔이 녹아있고, 가슴이 저며 오는 고통이 있다. 절반 쯤 읽다가 바쁜 일로 손에서 그 책을 놓고 며칠이 흘렀던 것 같다. 여기저기 문인들 모임과 행사, 약속의 연속, 꼭 만나야 할 사람도 만날 시간이 나질 않는 바쁜 일상. '주기철 목사님 책 다 읽어야 하는데….' 라는 생각이 나를 잡아당겼지만, 나는 쉽사리 책을 다시 들지 못했다. 그렇게 20여일 정도가 지난 것 같다. 그리고 창원에 다녀온 지 24일 만에 나는 한 통의 전화를 받았다. "지금 극장에서 일사각오 주기철 목사 영화 상영하는 거 알아요? 같이 가서 보실래요?" 나는 쓰던 원고를 접어 두고 당장 극장으로 뛰어갔다. 2016년 3월 18일 금요일. 영화는 책 보다 더 생생하게 다가 왔다.

시청각을 모두 동원하는 영상 예술이니 당연한 일이리라. 장면과 음향 효과, 대사와 표정. 그리고 군데군데 삽입되는 몇몇 유명인들의 해설까지…. 학교 다닐 때 국문과 이어령 교수님까지 영화에서 보게 되니 머리가 명쾌해지는 것 같았다. 일제시대의 식민 정책과 신사참배, 그리고 주 목사님의 죽음과 신념들이 이해되는 유레카의 시간이었다. 고문당하는 장면마다 흐느껴 울었고 영화가 끝나고 나서도 극장에서 나오지 못하고 울었다. 가슴이 미어지도록 아픔으로 다가온 그분의 족적이 화인火印처럼 가슴에 패이는 것 같았다. 그리고 고문당하는 장면은 주 목사님 한분의 고난은 아니었다는 생각이 또 가슴을 스쳐 나 갔다. 그 시대 투옥되었던 모든 조선인들의 모습이라는 생각이었다. 영화가 끝나고 그치지 않는 눈물을 닦으며, 밖으로 나왔다. 사람들로 북적이는 명동거리에 인파와 쇼윈도우에 온갖 화려한 상품들이 아득하게 보인다. 중국인 관광객이 인파의 반을 넘는 것 같다. 길거리 음식을 파는 손수레가 즐비하다. 사람들 틈에 끼어 길을 잃을 것 같다.

그 영화를 한 번 더 보아야한다는 생각이 나를 다시 잡아 당겼다. 영화를 보면서 중요한 대사를 핸드폰 메모장에 입력하느라 놓친 장면도 아쉬웠다. 그날 집에 돌아와 다시 주 목사님에 대한 책, 「소양 주기철」을 새벽까지 읽은 것은 당연한 일이었다. 그리고, 다음날 다시 영화관으로 갔다. 그날도 책을 읽었다. 밑줄을 그어가며 중요한 것은 노트에 옮겨 적으면서 말이다. 그의 이야기는 끝나지 않았다.

창원에 있는 그의 기념관을 찾아가고, 359쪽이나 되는 책을 독파하고, 주 목사에 대한 영화를 두 번이나 보았다. 그렇게 해서 이해하고 깨닫게 된 것, 한 가지는 그분에게 추서된 건국훈장 독립장이었다. 그는 어떤 독립투사들처럼 폭탄을 던지지도 않았다. 총을 들고 독립을 위해서 싸운 적도 없다. 신흥무관학교와 같은 곳에서 군사훈련을 받은 적도 없다. 그는 개신교 장로교 목사님이었을 뿐이다. 평양에 있는 오산학교를 거쳐 연희전문 상과에 들어갔다가 다시 평양신학교에서 신학을 공부한 신학도. 부산 초량교회, 마산 문창교회를 거쳐 평양 산정현교회에서 목회를 한 목회자이다. 그런데 우리나라 정부에서는 이봉창 의사, 유관순 열사에게 추서한 건국훈장 독립장이라는 훈장을 추서한다. 그가 한 일은 목회자로서 신앙인의 양심을 지켰을 뿐이다.

"나 외에 다른 신을 섬기지 말라" 라고 하는 십계명 중에 제1계명.

누구나 다 알고 있을 것이다.

그 당시 모든 교회와 관공서에는 일장기가 걸려있었다는 것을. 그 당시 조선을 지배한 것은 일본제국이었다는 것을. 2,000만 조선인을 지배한 것은 조선에 와 있던 50만 일본인들의 총과 칼이었다는 것을. 우리는 빼앗겼었다. 영토도 주권도 자유도. 일본이 시키는 대로 해야 생명을 유지할 수 있었다. 시키는 대로 해야 먹을 수 있었고, 잠을 잘 수 있었다. 그러나 이것에 강하게 도전하고 반발한 대표적인 분이 주기철 목사였다. 그가 부산 초량교회(6년 반), 마산 문창교회(6년)를 거쳐 평양 산정현 교회로 옮기는 동안 12년이 넘는 목회생활 속에서 그는 가르쳤을 것이다. 하늘의 법에 대해서. 그리고 그것이 일본이 내세우는 제국주의 침략 정신에 부딪혔던 것이다. 우리는 알고 있다. 일본의 제국주의는 총과 칼의 무력으로 우리를 식민지로 삼았다는 것을. 아시아 재패를 위해 한국민을 황국신민화하려했다는 것을. 그 일환으로 내선일체³⁾를 주장하며 창씨개명과 신사참배를 강요했다. 일본식으로 이름을 바꾸는 것은 1940년대에 들어와서 본격화되었다. 그러나 신사참배는 그 보다 더 먼저부터 행해진 일이었다. 한민족의 정신을 뿌리 뽑고 그들의 종교-국가 일치 문화⁴⁾로 세뇌시키려는 획책이었다. 일제는 서울 남산에 조선신궁을 세운다. 156만 4582원의 예산을 들여 5년 6개월의 공사 기간이 걸렸다. 이 공사비용과 부역에 조선인이 착취당했을 것은 상상하고도 남을 일이다. 그것으로도 모자라, 1면 1신사 정책⁵⁾을 두었다. 뿐 아니라 관공서, 학교, 파출소, 주재소 등에

신궁대마神宮大麻를 넣어두는 가미다나神柵를 설치했다. 관청을 통해 신궁대마를 강매하여 각 가정에 가미다나를 설치하고 매일 아침 참배하게 하였다.[6]

1) 마산 문창 교회 시절에 그가 새벽마다 올라가서 기도를 하곤 했다는 십자가 모양의 바위. 무학산에 있는 매우 가파른 바위 꼭대기에 위치해있음.
2) 일본 도쿄 황거 옆에 위치한 일본 최대의 신사(神祠)
3) 일본과 조선은 하나라는 뜻. 내선일체를 내세워 언어, 정신, 문화를 하나로 해야 한다는 주장.
4) 일본은 국가가 곧 종교인 나라이다. 즉 식민지 전쟁을 국가정책으로 내세우며 정책을 종교로 숭앙하게 하는 종교국가였다.
   현재 일본은 정치와 종교가 분리되어 있지만, 강점기 때는 일치되어 있었다.
5) 면마다 신사를 하나씩 설치하여 시골마을까지 모든 조선인들에게 신사참배를 강요했음.
6) [소양 주기철] 121쪽

끝나지 않은 이야기 2
—주기철 목사의 일사각오

일생 살아가는 동안 '누구를 만나는가'에 따라 삶의 방향이 정해진 다는 생각이 절실히 드는 시간이다.

더군다나 조만식 선생이 교장으로 있던 오산학교에서 민족교육을 받았던 주기철 목사였다. 이승훈 선생에게 가르침을 받았던 그였다. 교육의 힘이 이렇게 무서운 것이다. 고당 조만식 선생이나 이승훈 선생이 주기철에게 미친 정신적인 영향력은 지대했기 때문이다. 조만식 선생은 전국을 돌며 물산장려운동을 펼쳤는데, 그때마다 청년 주기철을 데리고 다니며 예배인도를 하게 했다. 그러면서 자연스럽게 조만식 선생의 민족의식이 주기철 목사에게 스며들었을 것은 명약관화明若觀火한 일이다. 그 뿐이 아니다. 조만식 선생은 주 목사가 목회하던 산정현 교회에 장로로 있었다. 주 목사가 4번째 검속되던 골목길에도 조만식 선생은 있었다. 그의 장례식에도 조만식 선생은 있었다. 여기서 우리는 알 수 있지 않은가? 주기철 목사의 오산학교 유년시절부터 장례식까지 동행했던 큰 인물이 누구인지를. 오산학교는 이승훈 선생

이 기독교 정신으로 세운 민족주의 학교였다. 학교를 졸업했어도 주기철 목사의 정신에 늘 영향을 주었던 분이 조만식 선생이었다. 학교를 졸업했다고 끝나지 않은 이야기가 바로 이런 것이리라. 몇 차례씩 투옥되어 온갖 고문을 당할 때도 조만식 선생은 그를 위로했을 것이다. 그리고 폭력과 무력으로 조선과 아시아를 지배하려는 일본의 칼 앞에 무릎을 꿇어서는 안 된다는 것을 뼛속 깊이 각오했을 것이다. 추호의 흐트러짐도 자신에게 허락할 수 없는 정신적 기둥이 곁에 있었기 때문이었을 것이다. 기독교에서는 주기철 목사님의 행적을 순교로만 볼 것이다. 굳건한 신앙심 때문이었다고 말할 것이다.

그러나 그 시대에는 불교, 천주교, 감리교, 성공회 순서로 모든 종교단체가 신사참배에 동참했던 상황이었다. 마지막까지 저항하던 장로교마저 1938년 8월 25일 신사에 고개를 숙였다. 평양교회 대표 21명이 평양 신사에 참배하게 된다. 일본 경찰의 회유와 협박에 못이긴 평양 노회의 결정이었다. 그런 와중에도 주기철 목사는 끝까지 무릎을 꿇지 않았다. 일경日警이 그의 가족을 불러, "신사 앞을 지나갈 때 신사를 향해서 고개만 까닥하면 풀어주겠다"는 회유에도 굴하지 않았다. 가족이 보는 앞에서 주 목사를 고문해도 마찬가지였다. 결국 두 명의 형사가 주 목사의 사모에게까지 달려들어 여자에게 할 수 없는 참혹한 고문을 가했다. 그녀도 13번이나 경찰서에 연행되어 조사를 받아야했다.

일제가 왜 이토록 신사참배 강요에 목말라했는지 생각해 볼 일이다. 일본 제국은 다른 민족을 칼로 지배하려했다. 무력주의, 폭력주의, 전쟁을 정당화하기 위한 그들의 몸부림이 신사참배 강요였다. 일본 황제를 신격화하여 그를 천조대신이라 일컬었다. 천황이 거주하는 황거皇居, 동쪽을 향해서 궁성요배를 강요한 것도 그것의 일환이다. 일본 제국의 군사들의 전쟁(러일전쟁, 중일전쟁)의 무운장구武運長久를 빌게하려는 의도로까지 확대된다. 결국 일본은 그들의 칼의 지배를 정당화하고자 하는 안간힘으로 종교의식에까지 관여한다. 신의 영역에까지 칼을 들이 대려했던 그들의 손에 주기철 목사는 옥사했다.

안이숙[1]은 주기철 목사와 맞은편 감방에 투옥되어 있던 조선인이었다. 그녀가 쓴 「죽으면 죽으리라」라는 책에서 그녀는 주 목사가 독살毒殺되었을 가능성에 대해 언급하고 있다. 열을 내리게 하겠다고 주 목사에게 주사를 놓는 것을 보았다고 회고하고 있다. 그러나 주 목사

독살의 사실 여부는 아직 밝혀지지 않았다. 어쨌든 주 목사는 47세의 나이로 옥사했다. 그의 시신이 경찰서 밖으로 나왔을 때는 온몸이 고문으로 피투성이가 되어 있었고, 발톱은 모두 빠지고 짓이겨진 채 시커멓게 변해있었다. 그렇게 그의 생명은 힘없이 끊어졌다. 그가 사망한 지 72년이 지났다(2016년 3월 현재). 그러나 그의 죽음은 아직 끝나지 않은 이야기로 오늘도 전해지고 있다. 웅천교회 앞마당에는 기념비가 세워지고, 그를 기념하는 책들이 쏟아져 나왔다. 그가 태어난 땅, 창원에 기념관이 세워졌다. 그의 초임지 초량교회에도 작은 자료실이 마련되어 있다. 영화도 상영되고 있다.

　그의 고난과 죽음을 기독교에서는 우상숭배를 거부한 순교로만 볼 는지도 모른다. 그러나 그가 신념을 굽히지 않고 일제와 항거하여 싸운 고독한 싸움은, "생명에 대한 사랑의 정신에 대한 올곧음"이라고 이어령 교수는 강조했다. 어느 종교든 인간의 생명을 빼앗고 무력으로 지배하려는 칼의 무력에 찬동하지 않을 것이다. 말로만 외치는 설법을 넘어서 행동으로 저항한 그의 살점과 피. 곧 생명 존중과 인류애라고 하는 신의 뜻을 보여준 것이리라. 총칼로 살생殺生하는 것에 동조하는 것, 죽이는 자들을 숭배하는 것은 옳은 일이 아니다. 일제의 강요에 죽음으로 항거하여, 다섯 가지를 깨우친다는 일사각오一死覺悟의 죽음. 그것은 곧 순교이며 순국이었다.

　일본 제국주의 신사참배에 정면으로 도전한 나라는 조선 하나 밖에 없었다. 그 당시 신사참배 불참으로 순교한 사람들이 50여명이었고 폐쇄된 교회가 200군데가 넘었다. 이같은 강한 저항이 있었기에 일제는 강제 징집제를 시도했으나 시행해 옮기지 못하고 연기할 수밖에 없었다. 어쩌면 1944년, 주기철 목사를 죽임으로 해서 징집제를 강제 집행했는지도 모른다. 옥에 억류되어 있었어도 주기철 목사의 존재는 말없는 영향력을 주었다. 기독교인들과 일부 양식 있는 지식인들에게 말이다. 주기철 목사는 참 외로웠다. 70여명이 함께 잡혀 왔는데, 잠을 안 재우는 고문을 견디지 못하고 다음날이면 몇 명씩 굴복하고 나갔다. 신사참배를 이행하겠다는 각서를 쓰고 풀려나가는 그들에겐 단잠과 쌀밥이 기다리고 있었다. 다음 날이면 또 풀려나가는 이들이 늘었고, 결국 혼자 남게 된 독방. 그는 그렇게 외로운 싸움을 했다. 잠시 풀려났을 때 김린서[2] 목사에게 찾아가, 신사참배 불참 운동을 함께 하자고 말한 적이 있다. 김린서목사는 3·1운동 때 투옥되어 4년 간 옥고를 치렀던 고통의 시간을 상기하면서 단호히 거절했다. 다시는 투옥되기 싫다는 것이었고, 글 쓰는 것에 미련을 버릴 수 없다는 답변이었다. 동지를 얻지 못한 주 목사는 하염없이 김 목사의 방을 조용히 일어나 나왔다. 그와 옳은 길을 함께 갈 고난의 동지는 아무도 없었다.

그러나 그는 이제 더 이상 외롭지 않을 것이다. 전국에서 일부러 그의 기념관을 찾는 이들의 발길이 끊이질 않는다. 교회마다 몇 십 명씩 인솔하여 그곳을 탐방하며, 신앙의 모범을 가르치는 것 같다. 주기철 목사 기념관에는 신앙과 역사라는 두 가지 고리가 물려있다. 조선의 식민지 동화정책에 저항했던 외로운 올곧음. 기독교를 신앙하지 않은 이들은 그의 죽음을 지식인의 양심이었다고들 한다. 창원 시골 웅천에서 태어난 한 목회자의 외로운 저항.

요즘은 어느 누구도 어떤 것에도 참배를 강요하지는 않는다. 그의 영화가 상영되던 명동 거리 한 극장 앞에 외국인들과 외국문화가 넘쳐난다. 넘쳐나는 소비문화와 외국 상품 풍요 속에서 우리들은 어지러워하기도 한다. 몰려오는 여러 출렁임 속에 우리들은 고개를 숙이고 각자 뭔가를 숭배하고 있는지도 모른다. 목숨을 걸고 지키려했던 그 시대 우리 조상들의 몸부림은 무엇이었을까?

2016. 3. 20.

1) 1940년 3월. 안이숙은 박관준, 박영창과 함께 일본제국의회에 방청객으로 들어가 신사참배 반대한다는 경고장을 뿌림.
   이 사건은 30년이 지난 뒤에야 밝혀짐.
2) 장로로 남아 사경회를 인조하고 전국에 〈신앙생활〉 편집, 문서 선교에 힘씀. 김린서는 신사참배 거부에 동참하지 못하였지만, 그와 관련된 자료를 문서로 남기는 공적을 남김. 주기철 목사와 관련된 신사참배 거부에 대한 재료를 사실 대로 남김.

소녀상 소묘 1

　지난 2월 초, 마산 여행에서 허당虛堂 명도석(明道奭, 1885~1954) 선생의 기념비를 찾으려고 길을 물었다.

　"코어 4거리에 가면 '소녀상'이 있으니, 거기 가서 물어보면 알 것이네요."

　'소녀상? 소녀상이라니……?'

　소녀상이란 말에 새삼 놀라며, 몇 차례 더 물어 마산형무소 터에서 50여 미터쯤 내려가는 순간, 마산 오동동에서 소녀상을 보았다. 일제가 태평양전쟁을 치르면서 어린 소녀들을 중국이나 동남아시아 지방으로 끌고 간 줄 알고 있었는데, 이곳에서 소녀상을 보니 뜻밖이었다.

　몇 해 전 겨울, 한일 외교부장관 회담에서 '위안부에 대하여 보상금 100억을 일본에서 부담하고, 다시는 이 문제를 꺼내지 않기로 했다. 일본 대사관 앞에 소녀상은 민간 사회단체에서 건립한 것이니, 협의하여 철거한다.'는 주된 내용의 보도를 들었다. 이런 보도에 우리들 모두 공분公憤했었다. 2016년 12월 28일 부산 시민단체들이 모은 성금

(8천5백만원)으로 소녀상을 세웠으나, 몇 시간 만에 소녀상을 철거하고 철거 반대를 하는 학생들과 시민들은 저지되었다. 뜻있는 이들의 분노감이 치달을 대로 치달았다. 위안부 할머니들의 억울함과 아픔을 치유하며, 일본의 만행을 고발하고자 하는 정의(justice)는 허공에 먼지가 되어 날아가 버린 것일까? 분노감을 갖고 떠났던 마산 여행에서 마산의 소녀상이 내 눈길을 잡았다. 소녀상은 하나의 조형물에 불과한 것이라고 그냥 지나칠 수만은 없었다. 소녀의 맨발, 노란 털모자와 목도리를 두르고 있는 모습이 가슴을 후벼파며 통증과 분노가 더 치솟았다.

마산 여행을 다녀온 지 40여 일이 지나도 여전히 가슴이 진정되지 않는다. 뭔가에 이끌리듯이 마침내 나는 일본 대사관 앞에 있는 소녀상을 찾아갔다. 대사관 앞에 소녀상도 맨발이다. 도망갈까 봐 신발을 빼앗았을까? 허겁지겁 끌려나오면서 신발을 못 신었나? 덧버선을 신고 있지만 발꿈치가 들려있다. 일본이 패망하고 그녀들은 고국으로 돌아왔으나 마음 편하게 정착할 수 없었던 것을 형상화한 것인가?

'왜 냉대와 비난을 그녀들은 고국에 돌아와서도 받아야 했을까?'

광복이 되었지만, 그녀들이 받은 육신과 영혼의 상처는 씻어지지도, 치유되지도 않은 채 사람들에게 혹독한 대접을 받았다. 아니, 그들은 침묵했다. 부끄러운 일이었다고 생각했기에. 1991년 8월 14일 김학순 할머니의 증언이 있기까지 그 일은 덮어둔 짐덩이로 한·일 사이에 풀지 못한 상처로 남아 있었다.

다시 소녀상의 모습으로 돌아가 보자. 앞모습은 단발머리의 15~17세가량의 어린 소녀의 모습이다. 그러나 그림자는 등 굽은 쪽찐 할머니의 모습이다. 가슴엔 하얀 나비가 한 마리 날아오르고 있다. 할머니의 가슴에서 피어오르고 싶은 자유와 평화. 비상을 의미하고 있는 것같다. [웰컴 투 동막골] 이라는 영화에서도 나비가 날아오르는 것으로 마지막 장면을 장식한 것과 유사하다. 나비의 이미지는 언제나 자유와 부활, 재생을 의미하고 있음이다.

소녀상은 두 주먹을 꼭 쥐고 있다. 원한에 가득 찬 듯한, 맺힌 한이 주먹 속에서 울고 있다. 그 시대, 힘없는 소녀가 울분에 차서 어린 손으로 주먹을 꼭 쥐지만 그 주먹으로 가슴에 맺힌 한을 다스릴 수 없는, 차라리 처절한 모습이다.

'얼마나 가슴이 탔을꼬? 할머니들의 아픔이 얼마나 쓰라렸을꼬?'
'따뜻하게 포근하게 위로해드릴 수 있는 방법은 없을까'

나는 울음이 나오려하는 것을 억지로 참고, 사진만 찍었다. 3월인데도 봄바람이 차갑고 매섭게 볼을 때린다. 셔터를 누르는 손이 시려서 몹시 고통스럽다. '소녀' 가 겪었던 지난날의 고통을 생각하면, 오히려 미안한 마음이다.

'희망나비' 모임에서 나왔다며 청년들이 그곳을 지키며 안내를 하고 있었다. 그들의 모습을 보니, 가슴이 뭉클하기도 하고, 한편으로는 미안하다. 저만치에 "한일 위안부 합의는 무효" 라고 크게 쓴 피켓을 뒤로 한 채, 몇 번이고 뒤돌아보며 무거운 발길을 돌렸다.

집에 돌아와서 다시 한 번 위안부에 대해 살펴보았다. 팔이 아프도록 공책에 빼곡하게 정리를 하며 공부를 해도 명쾌하지 않고 머릿속이 답답하기만 하다. 공부하던 중, 부산에 '민족과 여성역사관'이 있다는 것을 알게 되었다. 그곳에 가서 자세한 설명을 들어야 속이 풀릴 것 같았다. 나는 바로 여행 가방을 챙겨 부산행 기차를 탔다.

이른 아침에 부산역에 내렸다. 마중 나온 친구의 도움을 받아 우리가 제일 먼저 찾은 곳은 '일제강제동원역사관'이었다. 여정에서 그곳을 먼저 보아야 한단다.

그곳에 도착하니 건물부터 먹색이다. 마치 석탄을 쌓아서 만든 것 같은 느낌의 검은색 건물이 특이했다. 어디나 그렇듯이 관람객들이 거의 없다. 해설을 부탁해도 해설사가 없다는 답변이다. 우리들은 바닥에 표시된 화살표를 따라 계단을 올라 아픈 역사의 페이지를 더듬었다. 강제로 동원되었던 일제강점기 '소녀'들에 관한 자료들도 전시되어 있었다.

일본군에 시달렸던 위안소의 모습도 재현되어 있다. 자그마한 침대와 구석에 놓인 낯대야, 대야 속에 일본군 정액과 함께 소녀들이 흘린 핏물, 비좁은 방마다 나무로 된 소녀들의 일본 이름표는 문패 같다. 부산에 가기 전, [귀향]이라는 영화를 보았던 기억이 또 아픔으로 떠오른다. 보고 싶지 않은 광경, 보고 싶지 않은 물품들….

'외면하지 말고, 역사를 똑바로 보자'고 마음을 달랬지만, 서둘러 그곳을 빠져나오고야 말았다.

유엔공원 앞에서 간단한 점심식사를 한 후 우리는 '민족과 여성 역
사관'을 찾았다.

조금 전에 보았던 역사관과는 다른 외관이다. 1층에는 자그마한 상
점이 줄지어 있었다. 그 위 상가 건물 2층과 3층이 역사관이다. 아마도
개인이 운영하는 곳인가 보다 하는 짐작을 하고 2층으로 올라갔다. 역
사관에서 두 분의 여자가 우리를 맞이하였다.

"안녕하세요? 서울에서 온 시인입니다. 위안부 할머니들에 관한 자
세한 공부를 하고 싶어서 왔어요." 라고 말했지만, 어디에도 안내해 줄
만한 청년들은 보이지 않았다. 부산에 사는 친구는 위안부 할머니들
에 대해 알아보려면, "김문숙 선생은 꼭 만나보아야 한다."고 했었다.

그날은 운이 좋았는지 거기에 계셨다. 김문숙 선생은 위안부 할머니
들을 모시고 최근까지 수십 차례 일본을 다녀온 이야기와 함께 위안
부에 대한 재판기록을 보여주셨다. 일본에 재판을 하러 갔었다는 이
야기도 생소했지만, 유리관 속에 전시된 재판기록에 관한 설명을 들
으니, 놀랍다. 6년 동안 23번 재판을 했다니….

제 2 전시관에서 김문숙 선생은, 위안부 할머니들이 그린 그림·판
화 등을 보여주셨다.

"위안부 할머니들이 그린 그림인데, 조그마한 것을 내가 이렇게 확
대해서 액자에 넣어 전시해 둔 거예요. 학생들이 더러 공부하러 와서
보곤 해요." 김문숙 선생의 설명이었다.

그곳에서 본 그림들이 인상적이었다. 위안부 할머니들의 아픔이 그

림에 고스란히 녹아있는 듯했다. 화가들의 그림보다 더 강렬하고 통절한 영혼의 외침이 담긴 듯했다.

역사관을 나오려 하니, 김문숙 선생은 나에게 책을 쥐어주었다.

"국문학을 전공했다고요? 나도 글 쓰는 걸 좋아했지요 …. 그러고 보니, 나와 동문同門이네.

나는 약학공부를 하다가 다시 대구로 내려와서 지리교육을 했다오."

짧은 만남이었다. 며칠을 이야기해도 모자랄 것 같다는 소회가 느껴졌다. 부산과 밀양, 양산 여행을 마치고 서울로 올라왔는데도 미수米壽를 넘긴 김문숙 선생이 자꾸 생각난다. 양산에서 보았던 통도사의 풍경이 아른거릴 때도 김문숙 선생의 표정과 모습이 겹쳐졌다. 미수를 넘길 때까지 위안부 할머니들의 인권을 위해 일해 오셨다는 것. 남다른 그분의 삶을 보면서 책장을 넘기기 시작해 본다.

그녀가 준 『들리나요? 열두 소녀 이야기』는 414쪽이나 되는 두툼한 책이다. 위안부로 끌려갔던 열두 명의 소녀들과의 상담 내용을 그대로 구술口述해 놓은 생생한 기록이다. 한 페이지씩 넘길 때마다 심장이 오그라드는 것 같다. 몰려오는 아픔과 분노를 무엇이라고 표현할 수 없을 것 같다. 그러나 책을 손에서 놓을 수 없었다. 읽어야 할 것 같았다. 그분들의 아픔을 이해하고, 기억하고, 다른 이들에게도 그대로 전해야 한다는 일종의 숙제같이 느껴졌기 때문이다.

전체 내용을 읽고 나서야 위안부 할머니들 문제의 전모가 이해되었다. 위안부 할머니에 대한 이해와 함께 김문숙 선생의 노고에 감동되었다. 자신의 사비私備를 털어 70년 전 소녀, 할머니들의 아픔을 보듬

고 있는 김문숙 선생. 그녀는
위안부 할머니들의 진정한 친
구였던 것이다.
　소녀상 어깨 위에 앉아 있던
한 마리 새가 떠오른다.

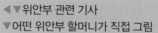
◀▼위안부 관련 기사
▼어떤 위안부 할머니가 직접 그림

▲ 마산 오동동 소녀상

▲ 일본 대사관 앞 소녀상

소녀상 소묘 2

자유롭게 날고 싶은 소녀의 꿈이 소녀의 어깨 위에서 비상하고 싶은 느낌을 주었다. 위안부 할머니들이 받았던 아픔을 누가 치유해 줄 수 있을지? 그녀들에게 참된 평안을 염원하지 않을 이가 있을는지?

공중을 날수 있는 날개를 가진 새. 창조주가 새를 창조하셨듯이 여자도 창조하셨다. 여자에게도 행복 추구권이 있다. 여자로 태어나길 원해서 여자가 여자로 태어난 것이 아니다. 조물주의 섭리이리라. 선택이 아닌 운명으로 주어진 여성이라는 성性. 그들은 하필 일제 강점기 때 이 땅에서 여자로 태어난 죄밖에 없었는데, 그녀들의 아픔을 어찌해야 할까? 누가 그들을 위로할 수 있고 그들의 마음을 치유할 수 있을까? 이것은 어떤 것으로도 해결될 문제가 아닌 듯하다. 그들의 원한이 하늘에 닿으면 그들을 여자로 만들어 그 시대에 이 땅에 보내신 조물주의 진노震怒가 어떨지?

독일 히틀러의 제국주의, 이탈리아 무솔리니의 제국주의도 속국의 여자들을 그렇게 짓밟지는 않았다고 역사는 기록하고 있다. 그들 군대는 국소적으로 그런 일을 자행했을지는 몰라도 정부 차원에서 대대적으로 위안소를 설치하고 위안부를 20만[1]여 명씩 강제 동원한 예는 없었다. 일본 제국주의 칼날에 희생된 그 시대 이 땅의 딸들. 위안소가 설치되었던 곳은 중국, 동남아시아 등지의 일본이 점령했던 지역[2] 수백, 수천 곳에 이르렀으리라.

영화 [귀향歸鄕]에서 일본군이 소리를 지르며 했던 말이 생각난다.

"너희들은 인간이 아니다. 일본 황군皇軍을 위한 암캐에 불과하다"

도망치다가 붙잡혀 온 조선 소녀들을 붙잡기 위해 그 위안소 모든 조선 소녀들을 나체裸體로 세워놓고 발길로 여자를 걸어차면서 외쳤던 말이었다. 그게 그들의 목적이었다. 태평양전쟁에 동원된 수많은 일본군들을 위해서 세웠던 위안소. 일본군도 전쟁이 좋아서 전쟁터에 나온 이들도 있었을지도 모른다. 이른바 '황군皇軍'의 사명과 소명으로 무장되어 있었을지도 모른다. 그러나 일본 군인들도 인간이었다. 전쟁터에서 언제 죽을지 모르는 죽음에 대한 공포와 불안에 떨고 있는 일본의 아들들이었다. 그들의 심리적 불안정과 말초적인 본능 해소를 위한 도구로 속국의 소녀들은 희생되었다.

인간의 존엄성이 철저하게 유린된 전쟁터. 신이 인간에게 내려주신 아름다운 성性이 추악한 도구로 전락되었던 역사의 검은 페이지들. 『들리나요? 열두 소녀 이야기』라는 책에서 구술한 열두 명 소녀의 증언에 의하면, 일본군들은 철저했다. 혹시 병에 걸릴까봐 두려워 그들은 철두철미하게 대비했다. 위안부들을 1주일 또는 2주일에 한 번씩 검진했다. 그리고 '사쿠'³⁾를 착용했다. 그래도 임신을 하는 여성도 있었고, 매독에 걸리는 소녀도 있었다. 임신한 소녀는 낙태시키고, 또 위안소에 배치시켰다. 매독에 걸린 소녀는 '606 주사'를 맞히고 또 위안소에 배치시켰다. 하루 밤에도 10~40명씩을 상대해야 했던 소녀들. 15세 소녀는 첫 번째로 성폭행 당했을 때 성기가 찢어졌었다고 증언했다. 반항을 하면 칼로 아무 곳이나 찔렀다고도 했다. 성폭행 상대를 하다가도 말을 듣지 않으면 칼로 가슴을 찔렀다고 했다. 성폭행 때 무자비한 폭행으로 허리가 부러졌던 소녀. 방에 끌려들어가지 않으려고 반항하다가 손목이 빠졌던 소녀….

[귀향]이라는 영화에서도 소녀들은 낮에는 노동에 시달렸고, 밤엔 일본군에게 시달렸다. 위안소 방마다 질러대는 비명소리가 하늘을 찔렀다. 고통에 몸부림치는 소녀들의 비명, 그 소리를 하늘이 들었을 것이다. 이 땅에 소녀를 보낸 창조주가 칼에 찔린 칼자국을 보았을 것이다. 반항하는 소녀를 때리던 채찍을 하늘도 보았을 것이다. 일본군에 맞서서 피범벅이 되어 죽어갔던 그녀를…. 전투지를 옮기면서, 소용없어진 소녀들을 총살하여 불태웠던 연기煙氣도 하늘은 보았을 것이다. 영화를 보는 내내 울었다. 아니, 오열했다.

'아버지들은 왜 딸들을 지키지 못했을까? 왜 이 땅의 딸들이 저렇게 짓밟혀야 했을까?'

『들리나요? 열두 소녀 이야기』 책을 읽는 며칠 내내 참담했던 심정을 표현할 길이 없어 글재주의 한계가 느껴진다. 성性의 본질이 무엇일까? 자신이 원하지 않는 성관계가 강제적으로 행해진 것, 성폭행과 강간에 대해 현행법은 엄하게 처벌하고 있다. 말 한마디만 잘못해도 성희롱, 성폭행에 해당되는 것이 요즘의 현실이다.

일제 강점기, 일본은 독일 헌법에 바탕을 둔 형법을 들여와 우리나라 사람에게 적용했다고 들었다. 독립운동가에 대한 이른바 '범법행위'도 이 법을 적용했던 일본이었다. 물론, 조선총독부가 우리나라 사람들을 법으로 통치하고 있다는 것을 보이기 위한 위장僞裝이었을지도 모른다. 그런데 분명한 것은 일본은 태평양전쟁을 통해 아시아는 물론 세계를 제패하기 위해서 국가총동원령을 내려 많은 것을 약탈하였다. 그리하여 쌀과 곡식을 빼앗아 군량미로, 놋그릇, 숟가락마저 빼앗아 전쟁무기로 만들었는가 하면, 강제 징병·징용에 이어 소녀들을 끌고 가서 성노예로 삼기 위해 이른바 '처녀 공출'5)까지 서슴지 않았으니, 인간을 창조하신 신에 대한 도전이며 모독일 것이다.

2015년 12월 말, 일본은 위안부 문제에 대한 협상에서, '최종적이고 불가역적인 해결'이라는 입장을 내세웠다. 한일 관계 앞에 놓였던 커다란 돌멩이를 마지막으로 치우듯이.
일본은 위안부 문제에 대하여 근본적인 인식이 다르고, 진솔한 사과의 자세를 보이지 않고 있다. 대대적으로 시행했던 처녀 공출 사실마저 일부만 인정할 뿐이다.
"공장에서 일하게 해준다."
"간호사가 되게 해준다."

고 끌려갔던 몇 십 만 명의 소녀들. 지속적인 집단 강간을 당했던 그녀들 대부분은 쓰라린 생을 마감했다. 등록된 분으로서 생존해 있는 분은 겨우 수십 명에 불과하다. 그분들이 세상을 떠나면, 위안부 문제는 역사에서 지워지거나 잊혀질 것으로 일본은 생각하고 있는 것일까?

다시는 전쟁과 아픔의 역사가 반복되지 않길 바라는 염원과 고발정신-평화의 소녀상[6]은 계속 늘어만 가고 있다. 그러나 2020년 8월 현재, 소녀상을 철거하거나 훼손하는 일도 생기고 있다. 희망나비는 어디로 날아갈까?

1) 어떤 기록에는 40만 명이라는 기록도 있다.
2) 「들리나요?」라는 책에서 구술한 12소녀의 증언에 의하면, 만주 곳곳과 하얼빈, 연길, 길림, 한커우, 상해, 나가사키. 오키나와, 타이완 섬의 지룽, 라나난 섬, 미얀마, 콸라룸 프르, 팔렘방, 발락파판, 팔라유섬, 나우루공화국, 라바울섬, 티로르 섬 등
3) 남성용 피임 기구, 일명 콘돔
4) 매독 치료용 주사
5) 일부 기혼녀도 끌어갔다는 기록도 있음
6) 거제 문화예술회관 소공원, 남해군 '숙이공원', 대구여자상고 교정, 청주 중앙동, 하동, 통영, 남해, 창원, 전라도 광주, 울산, 청주, 원주, 전주, 군산, 대전, 강릉, 천안, 광명, 화성, 성남, 수원, 경기도 광주, 고양, 서울 일본 대사관 앞, 서울 서대문구 대현문화공원, 서울 서초고 교정, 미국 뉴욕, 미국 시우스필드, 미국 캘리포니아 글렌데일이 등에 소녀상이 세워져 있다. 서울 한성대입구역엔 한·중 평화의 소녀상이 나란히 세워져 있다. 부산과 포항에도 세워질 예정이다.

순수시대 金源

눈떨은 나비는
날개를 접지 않았다.
황홀한
융곡의 유리반 위에서

Kyu Tai Jeon

그림: 전규태(한국문화예술총연합회 학술원장)
시: 김원(시인, 한국문인선교회 부회장)

그대 얼굴은 빛바랜 하얀 광목 아닐지라도
놈 얼굴 한 대 후려치듯
놈 얼굴 복판에 태극문양 덧대어 박아
4괘 그려 넣고
파고다 공원, 아우내 장터 함성 담았구나.

3부

독립운동가를 찾아 떠나는 여행이야기

안희제 기념관에 다녀와서
─ 카페라떼 마시고 싶은 날

부산 용두산 공원 소나무 밑에 구덩이를 파고 비밀리에 무엇인가를 묻어 두는 이들이 있었다. 독립운동 첩보작전을 위한 통신문을 교환하는 방편이었다. 안희제 선생의 8남 안상만의 증언에 따라 그 자리에 안희제 선생의 흉상이 세워졌다.

1911년 안희제(26세)는 러시아로 망명하여 안창호, 이갑, 신채호 등 독립운동 지지자들과 독립운동의 방략을 논의하고 최병찬과 [독립순보]를 간행하지만, 안타깝게도 신문은 전해지지 않는다.

해외에서 개척된 독립군 기지가 자금부족으로 곤란을 겪고 있던 상황을 직접 목격했기 때문일까? 안희제는 독립운동을 하는 데 절대적으로 필요한 자금을 마련하는 것의 절실함을 절감했기 때문일까? 보성전문(고려 대)경제학과에서 수학을 한 까닭일까? 그는 독립자금을 마련하기 위해서는 경제력을 확보하는 것이 급선무라고 인식하고 고향의 전답 2천마지기를 팔아 부산에 백산상회를 연다. 곡물과 해산물,

면포를 위탁 판매하는 상점이다. 일본 거류민들이 많이 살고 있던 일본인의 중심지에 백산 상회를 내고 (1916년) 그는 일본식 복장을 하고 일본 음식점에서 일본음식을 먹으면서 사업 확장에 힘쓴다. 그리고 거대한 독립자금을 상해임시정부와 국내외로 보내는 재정적 기반을 확충해 나간다. 대구의 태궁상회,

안희제 선생에 관한 저서-「백산안희제의 생애와 민족 운동」

대동 상점과 함께 조선국권회복단의 연락 거점으로 활동하며 상업조직을 통해 독립운동 자금을 조달한다. 국내 유지들이 기탁하는 자금을 송달하는 일까지 담당했는데 자금 송부방식은 항상 장부 상 거래의 형식을 취하여 일경日警의 수사를 피할 수 있었다. 결국, 왜관, 마산, 포항, 서울, 원산, 만주 안동, 만주 봉천 등 거래상들은 독립자금의 공급과 연락망의 역할을 한 셈이다. 일본 복식을 하고 일본 음식을 먹으며 일본의 감시와 통제를 벗어날 수 있었던 배짱 좋은 청년 실업가. 호랑

백산상회의 설립과 운영

안희제(安熙濟)는 1914년 경 부산에서 백산상회(白山商會)를 설립하였다. 설립초기에는 곡물, 면포, 해산물 등을 판매하는 소규모 개인상회였다. 1918년에는 합자회사 백 개편하였다가 1919년 백산무역주식회사로 확대개편하였다. 백산상회는 단순한 개인상점이 아니 국권회복을 위한 독립운동자금 조달과 독립신문 보급을 위한 국내 중요 독립운동거점이었다.

1.1970년대 백산상회(白山商會)
2.1990년대 백산상회

백산상회 : 부산 안희제기념관 전시물 중에서

이 굴에서 호랑이에게 물리지 않고 상해임시정부의 연통제 역할을 담당했던 그의 역할은 놀라운 일이었다고 할 수 있다. 영남지방의 청년 자산가들을 주주로 모집하여 자본금 1백만 원의 백산무역주식회사로 발전시켜갔는데(1919년), 기업의 확장에 머물지 않고 독립운동의 재정적 기반을 확충해 간 의미가 컸다고 할 수 있다. 그러나 상해 임시정부를 비롯한 독립운동계가 필요로 하는 자금을 회사의 수지와 관계없이 계속 공급해야 하는 상황이었기에 회사는 침체를 거듭하고 자금난과 거듭된 결손으로 위기에 봉착, 결국 1928년 1월 29일에 파산을 하게 된다.

12년 동안, 백산 안희제 선생은 끝임 없이 독립자금을 대는 젖줄의 역할을 담당해야 했다. 딸린 식구가 많은 집 가장의 어깨는 언제나 무거운 법인 모양이다. 독립자금을 대던 아버지의 역할을 하던 그가 사업에서 손을 놓았어도 식솔들을 염려하는 마음은 변하지 않는 것이 당연한 일일 것이다. 그는 언론을 통해서 독립의식을 고취하려는 방향을 갖게 된다. 이미 1911년에 [독립 순보]를 발간했던 그의 이력에서 그의 뜻을 볼 수 있었다. 그런 정신의 방향성이 민족 언론 육성을 위해 헌신하는 언론인이 되게 했을 것이다. 당시의 신문사는 민족진영의 구심점이었으므로 그가 민족 언론 육성에 노력을 기울였던 사실은 높이 평가해야 한다. 언론이 항일 여론 형성과 민족의 역량 배양에 큰 역할을 맡을 수 있는 수단이라는 사실을 깊이 인식하고 있었던 것이다.

1920년 4월 동아일보 창간 당시 부산지국을 운영하고, 1927년 월간 잡지 [자력] 을 발행한다. 1928년 6월부터 1931년 10월까지 3년여 간 중외일보 사장을 맡아 경영에 참여한다. 중외일보는 신문제작과 경영에 귀재라고 하는 이상섭이 이끌어 오던 신문이다. 이상섭이 편집과 발행을 모두 맡고 있을 무렵, 중외일보는 일경의 감시와 통제를 받아 기사가 삭제되고 통제 되는 등 일본의 탄압을 받아오곤 했다. 종정간의 위기와 사법 조치까지 받는 일까지 있었다. 이정섭(당시 파리 유학파)과 최린이 세계일주 기행문 연재 사건이 가장 큰 문제였다. 아일랜드 등 약소민족의 독립운동을 다룬 것을 일제는 조선의 독립 의지를 빗대어 표현한 것으로 보고, 기사를 쓴 이정섭에게는 징역 6개월과 발행인 이상섭에게는 벌금형을 가하는 억압을 했다. 식민지하에 있던 조선인들의 해외여행은 꿈도 꿀 수 없는 상황에서 세계일주 기행문 연재는 중외일보 판매부수를 늘이고 인기 신문이 되도록 하는 데 큰 역할을 했으나, 일본의 간섭으로 오래 유지되지 못했던 것이다.

일제가 본격적인 대륙침략에 나서면서 언론과 사상 통합이 가중되던 무렵이었기에 언론의 논조가 위축일로에 있었던 것은 사실이다. 안희제는 경영이 어려웠던 중외일보를 일으켜 세워 민족 언론의 사명을 다하고자 했으나 시대 상황과 자금난으로 손을 떼지 않을 수 없었다. 결국 중외일보에서 안희제는 손을 떼고 중외일보는 김찬성이 인수하여 중앙일보라는 제호로 다시 태어난다. 오늘날 민간 3대 신문 중에 하나라는 중앙일보의 전신이 안희제의 중외일보였던 것이다. 그러나 우리가 간과할 수 없는 일은 백산상회를 경영하면서 독립자금을 대주던 아버지의 손을 가졌기 때문이었는지 그는 2만부를 무료로 배포하는 큰 스케일을 보이고 조간과 석간으로 하루 8면으로 증면하는 등 배포 있는 경영을 한다.

여기서 우리는 중외일보가 그 당시 언론을 통해서 민족의식을 고취하려 노심초사하며 몸부림쳤던 사실을 기억해야 한다. 위에서 언급했던 것처럼 월간지 [자력] 은 창간호(1927년)부터 일경에 압수당하고 통권 5호로 종간되었다. 우리는 여기에서 그의 도전적인 편집 경영을 엿볼 수 있다. 총독부의 탄압에도 불구하고 잡지 발행을 강행하던 안희제. 1920년 1월 14일 동아일보 창간 발기인으로 참여하여 부산지국을 경영한 것은 그가 언론사업에도 남다른 관심을 가졌음을 알 수 있는 일이다. 신문사의 지국은 민족 운동의 지방 조직 같은 역할을 담당하고 지국과 분국 기자들 가운데 상당수는 그 지방 민족 운동의 전위자였다. 뜻이 있는 사람들은 침묵하지 않는다. 신문을 통해서든 잡지를 통해서든 독립의 의지를 나타내기 마련이다. 그러나 조선총독부는 그런 언론을 가만히 놓아둘 리 없었다. 그 당시 언론사가 겪어야 했던 고충이 얼마나 컸으리라고는 상상이 되는 일일 것이다.

재정난과 총독부의 탄압이라는 2중고를 겪으면서도 그는 신문을 1929년에 2만부를 무료로 배포하더니 1930년에는 100만부를 무료로 배포하는 큰 배포를 보인다. 그 당시 신문을 구독할 여력이 없던 국민들에게 읽게 해야 한다는 언론인의 사명감이었을 것이다. 중외일보가 지향하는 민족 신문으로서의 언론의 역할을 담당하려는 마음이었을 것이다. 요즘 우리시대에 행려자들에게 무료 급식을 제공하는 어떤 목사님처럼, 아마도 그 당시 안희제 선생의 마음이 그러했을 것이다. 국민의 정신을 먹여야 한다는 아버지의 마음이었을 것이다. 그러나 이 세상의 모든 아버지들은 모두 고단한 법이리라. 식구들을 먹여 살린다는 책임감이 언제나 어깨를 짓누를 것이다. 안희제 선생은 언제나 아버지의 역할만을 해야 했다. 한 가정의 아버지를 넘어서서 우리 민족의 아버지. 독립자금을 대는 아버지, 국민들의 정신적인 지도자로서의 언론인으로서의 아버지. 고단한 그에게 휴식이란 없는 것이었을까? 종교에 몰두하며 조용히 건강을 챙기고자 했을 58세의 나이. 그는 1933년 조선에서의 고단한 삶을 중국으로 망명하는 것으로써 쉬고 싶었을 지도 모른다. 그러나 그는 만주 목단강 주변에 부지를 매입하여 발해농장을 경영하며 헐벗고 굶주린 조선인들을 몇 만명 그곳으로 이주하게 한다. 그리고 그곳에서 토지를 개간하여 그들을 또 먹인다. 표면상으로는 토지개간이었으나 속내는 국외에서 독립운동의 기지를 마련하는 것이었다. 그가 발해농장을 경영하며 종교에 몰두하려 할 무렵, 일제는 대종교를 대대적으로 탄압하고 교도들을 일제히 피체하여 감금하는 임오교변을 일으킨다.

  안희제가 신앙하던 대종교는 단군을 신앙하며 그 당시 독립운동의 중추적인 역할을 했기에 일제가 대종교의 간부들을 단체로 잡아들인 것이다. 21명의 동료 간부들과 함께 피체되어 안희제 선생은 9개월 동안 악형과 고문을 당한다. 병보석으로 석방된 지 3시간 만에 그는 순국한다. 만주 목단강가 영제의원에서였다. 그의 유해는 고향 의령으로 옮겨져 고향 땅에서 영면에 들어가게 된다. 참으로 고단한 그의

58년간의 삶은 그렇게 일제에 의해서 종지부를 찍었다. 일본 복장을 하고 일본 음식을 먹으면서 일본의 감시를 용케 피하여 독립자금을 조달하던 영특한 경제학 전공자, 안희제 선생. 언론과 교육사업과 기업인으로서 다방면에서 일본에 항거하다가 일제가 가하는 고문에 의해 생을 마감했다.

그에게 건국훈장 독립장이 주어졌다. 그가 세웠던 백산상회 자리에 백산기념관이 세워지고 그의 손서가 「백산 안희제의 생애와 민족운동」이라는 총론 책을 냈다.

부산을 찾는 이들은 자갈치 시장에 들러 생선회를 먹으며 부산 앞바다의 낭만을 생각할 것이다. 혹은 태종대에 들르거나 해운대 등의 부산의 볼거리를 찾아갈 것이다. 용두공원에 있는 안희제 선생의 흉상을 찾아가 보거나, 동광동에 있는 백산기념관을 찾는 이들이 몇이나 될까 싶다. 내가 지난달 백산기념관을 찾았을 때도 기념관 안에는 해설사 한분만이 기념관을 지키고 있을 뿐, 관람객은 한명도 없었다. 늘 언제나 찾는 이가 드문 순국선열들의 유적지, 읽어주는 이가 드문 순국선열에 관한 책자. 421쪽이나 되는 두꺼운 책을 처음부터 끝까지 읽어줄 사람이 몇이나 있을까? 어쩌면 무의미하고 도고(헛된 노력)가 될지도 모르는 일에 안희제의 손서도 출판비용을 지원했다. 아무도 알아주지 않을 지도 모르는 일, 읽어주는 이 없을 지도 모르는 책, 찾아주는 이가 드문 순국선열의 기념관. 황량한 겨울바람만이 가득할지 모르는 외롭고 추운 곳에 계신 분들.

얼마 전, 부산의 국제시장을 소재로 한 영화를 보았다. 영화 관람객이 몇 십만 명을 돌파했다고 했다. 영화를 보는 내내 울었다. 영화관엔 사람들이 가득 찼다. 서울 시내 어느 커피 전문점엘 가도 사람들이 꽉 차 있다. 부산의 어느 패션 거리에도 사람들로 북적인다. 그러나 순국선열들의 기념관엔 사람들이 없다. 참으로 슬프고 가슴 아픈 일이다.

영화 '국제시장'에 마무리 장면이라고 기억된다. 주인공 덕수의 아버지 기일에 온 식구들이 모두 모였다. 제사가 끝나고 가족들은 모두 거실에 앉아 손녀의 재롱과 노래를 들으며 웃음소리가 넘치는 행복한 장면. 덕수만 혼자 방에 들어와 아버지의 사진을 가슴에 안고 소리 내어 운다. 대조적인 장면이었다. 그 장면을 보면서 나도 소리 내어 울었다. 바로 그것이다. 우리 후손들이 이렇게 편하게 사는 오늘의 뒷면에는 나라를 위해서 목숨을 바친 순국선열들의 피값이 있었다는 것을. 혼자 울고 있는 덕수라는 영화의 주인공의 눈물처럼 나라의 존망 앞에서 노심초사하며 심장을 태운 이들이 있었다는 것을. 백산 안희제 선생과 같은 선열이 있었다는 것을. 우리 후손들은 그들을 기억하지 않은 채, 아니 애써 기억하고 싶지 않은 듯 번쩍거리는 조명불 아래서 즐거움을 쫓아만 가고 있는 것은 아닌지?

421쪽이나 되는 안희제 선생의 총론을 며칠 동안 읽고, 그에 대해 공부하고 그에 대한 글을 쓰느라 고단하다. 그래서 이런 글을 쓰는 순간에도 따뜻한 카페라떼 한잔 마시고 싶은 충동이 일어난다. 그러나 커피 대신 수정과를 마셔야 할 것 같다.

2015. 2. 20.

천년의 사랑

─안성 독립기념관에 다녀와서

　화창한 어느 토요일. 나는 오랜만에 휴식 시간을 포기한 채 전철을 타고 평택을 찾았다. 평택에서 안성으로 버스로 이동하여 만세 고개에 세워진 안성독립기념관을 찾았다. 정문에 들어서자마자 태극기가 양렬로 열병식을 하고 있다. 눈물이 핑 돌면서 가슴이 뭉클해져 왔다. 한걸음도 옮기기 힘들 정도로 가슴이 막히는 느낌이었다. 정면으로 보이는 광복사(안성 독립운동에서 희생된 선열들의 위패를 모신 곳)를 정면으로 바라보면서, 광복사 기와지붕 위에 내리는 하늘 빛 푸른 햇살이 쏟아지고 있는 한 폭의 풍경화. 지나가다가 들렀다면 이런 아픔이 느껴지지 않을 지도 모른다. 그러나 나는 서울에서 며칠에 걸쳐서 공부를 하고 온 탓이었는지, 들어서는 순간 가슴이 먹먹해져왔다. 1919년에 일어났던 독립운동이었으니 96년 전의 일이다(여행일자 2015. 3). 거의 100년 전, 안성 만세 고개에서 일어났을 독립운동의 항쟁의 발자취와 함성, 항쟁 당시의 풍경이 한편의 영화 장면처럼 스크린 영상이 머릿속에 그려졌다. 그런데, 이것은 또 무엇인가?

　기념관에 전시물을 보러 들어가려는데 뜰 왼쪽 마당에 하얀 여자가

옆으로 쭈그린 채 누워있다. 머리를 늘어뜨리고, 검정 고무신을 신고
있다. 매우 고통에 찬 모습이다. 누군가의 발길에 차일 때, 그 발길질
을 피하려는 듯 잔뜩 웅크린 모습이다. 물론 조각품이다. 여자의 몸 여
기저기에 화살이 꽂혀있다. 마치 여자에게 쏘아댄 고통의 표상물 같
다. 그 모습을 자세히 들여다보면서 또 한번 가슴이 아려왔다. 짓밟힌
여자를 형상화하고 있다는 것을 단번에 알 수 있는 조형물. 그러나 찬
찬히 살펴보니 화살 끝마다 하늘을 향하여 꽃이 피어있다. 국화꽃도
무궁화도 아닌, '카라' 라는 꽃이다. 순결과 순수, 천년의 사랑을 의미
한다는 꽃말을 가진 꽃이 고통받고 있는 여체에서 피어나고 있다. 그
조형물을 만든 예술가는 조형물을 통해서 나라를 향한 사랑이 천년을
이어 계속 피어나고 있다고 말하고 싶은지도 모른다. 아린 마음으로
전시관으로 들어서려니 전시관 우측 돌계단 앞에 또 금동 형상이 하
나 더 조각되어 있다. 이번에도 여자의 모습이다. 해방을 맞은 환희에
찬 듯한 여인이 바람에 옷자락을 날리며 어딘가로 발돋음하고 있는
옆모습.

　다른 곳에 있는 독립기념관을 여러 군데 둘러보았어도 이렇게 여인
을 모티브로 한 조형물은 많지 않았다. 그런데, 이곳은 달랐다. 그 조
형물들을 보면서 그것이 무엇을 상징하고 있는지를 단번에 알아차릴
수 있었다. "아는 만큼 보인다"고 했던가? 서울에서 안성 독립운동에
관해서 공부할 때, 4월 1일 대대적인 항일 만세운동이 일어나기 하루
전에 일어난 일을 공부했던 덕에, 놓치지 않고 나의 눈과 마음의 동공
에 와서 박힌 두개의 여체 조형물. 1919년 3월 31일에 안성 기생조합

소속인 변매화라는 기생이 주동이 되어 기생들의 독립운동이 있었다. 변매화와 여러 기생들이 품에서 태극기를 꺼내 거리를 누비며 만세운동을 하자 주민들 천여 명이 합세하여 일제히 태극기를 흔들며 독립운동이 크게 벌어졌다고 매일신보 1919년 4월 3일자는 보도하고 있다. 하루 전인 1919년 3월 30일 오후 7시, 안성군 읍내면 석정리에서 군중 100여명이 태극기를 들고 만세를 시작하여 1,000여명으로 불어나 안성경찰서 앞에서 만세 운동이 일어났다. 군중들은 읍내면사무소를 습격하여 유리창을 깨고 군청으로 몰려가 군수에게 만세를 부르게 하는 등 안성에는 항일의 열기가 치솟았다. 이를 이어받은 기생들이 31일에 동이 동산에 올라 산이 진동하도록 고성으로 독립운동을 벌였고, 이에 군중은 밤이 되자 더욱 합세하게 되었던 것이다. 이에 면장 민영선씨가 보통학교로 주민들을 집합하게 하여 4월 1일 안성 전체의 실력 항쟁이 벌어졌다. 이때 참여했던 주민들은 대부분이 농민이었던 것에 우리는 집중해야 한다. 빼앗긴 들에도 봄은 여전히 찾아왔으나 파종할 땅을 빼앗긴 농민들의 항쟁. 그것은 어쩌면 당연한 추이였을 것이다.

그러나 일제강점기 때 나라의 존망을 앞두고 기생들도 그냥 바라만 보지만은 않았다고 역사는 전한다. 1919년 3월 19일 진주 기생들의 봉기에 이어, 3월 29일 수원에서 일어난 만세 운동에 이어 3월 31일에 안성, 4월 1일에는 황해도 해주, 4월 2일 경남 통영으로 기생들의 만세 운동은 이어졌다. 어떤 기생들은 자신이 갖고 있던 금가락지와 폐물을 팔아 상해 임시정부에 김구 선생에게 독립자금으로 써달라고 보냈다고 전해지기도 한다. 이에 김구선생은 자신의 저서에 "동지 ○○

에게"라는 친필 싸인을 하여 답례로 보냈다는 이야기도 전해지고 있다. 가장 낮은 곳에서 천한 신분으로 천대받던 기생들도 나라를 되찾고자 하는 독립운동을 벌였고, 붙잡혀 가죽 채찍으로 맞아 몸에 상처난 것이 부어 올라서 구렁이가 기어가는 것처럼 비참하게 보였다고한다. 손에 끼고 있던 가락지를 뽑아 천을 구입해 태극기를 만들었던 기생들이다. 누가 그들에게 돌을 던질 수 있겠는가?

  1919년 9월 치안 책임자로 경성에 부임했던 일본 경찰 '지바료'가일본으로 보낸 보고서에서 조선 기생에 대해 언급한 내용을 보아도알 수 있는 일이다. '지바료'의 보고서는 다음과 같다. "우리가 처음부임했을 때 경성 화류계는 술이나 마시고 춤이나 추고 놀아나는 그런 기색은 전혀 보이지 않았다. 8백여 명의 기생은 화류계 여자라기보다는 독립투사라는 것이 옳을 듯하다. 빨간 입술에서는 불꽃이 튀기고 놀러오는 조선 청년들의 가슴에 불꽃을 지르고 있었다. 경성 장안 100여처 요정은 불온한 소굴화 되었다. 일본인들이 기생집에 놀러오는 일이 있어도 그 태도는 냉랭하기 얼음장 같고 이야기도 않거니와 웃지도 않는다. 그 분위기야말로 유령들이 저승에서 술을 마시는기분이다."

  참으로 재미있는 일이 아닌가? 나라를 팔아먹은 사람도 있고, 일본의 앞잡이 노릇을 한 이들도 있었다. 민족 대표 33인들 중에 어떤 이들은 변절하여 일본이 주는 은사금으로 배를 채운 이들도 있었다. 그러나 술을 따르고 몸을 판다고 무시당하며 천대받던 기생들도 독립운동을 했으니 말이다.

"기생도 이 나라 백성이거늘." 손가락 깨물어 태극기 그리고 머리에 태극 수건을 두르고 그녀들이 독립운동에 나서자, 군중들이 가만히 보고 있지 아니 하고 합세하여 시위대가 천여 명에 이른 것은 기생들도 독립운동의 중심에서 비껴있지 않았다는 것을 알 수 있다. 해서 안성 독립기념관에는 여자를 모티브로 한 조형물이 많았던 것이고, 전시관 지하 체험관에는 여자들을 고문하는 잔인하고 참혹한 모습을 밀랍인형으로 재현해 놓은 이유가 여기에 있는 것이었다.

"1900년에 태어난 19세의 어린 기생 변매화는 아담하고 날씬한 몸매에 양산을 받쳐 들었지만, 요염하기 보다는 쪽진 얼굴이 야물차게 생겼다. 가사, 시조, 경서남 창가에 능하고, 무용검과 승무, 양금, 매화 국죽에 능하다" 라는 〈조선미인보감〉의 기록을 읽고 가지 않았더라면 그냥 지나쳤을 조형물 앞에서 먹먹한 마음으로 오랫동안 생각에 잠길 수 있었던 것은 선공부先工夫 덕분이었을 것이다. 변매화뿐 아니라, 강련화, 송계화, 고비연, 리봉선 등의 기생들이 안성 독립운동에 중심에서 벗어나 있지 않다는 것을 우리는 기억해야 하리라. 이 사건 이전, 1919년 3월 11일 양성보통공립학교 조회 시간에 일어난 독립운동이 안성에서 일어난 최초의 운동이었다. 이것은 남진우義士(21세)와 고원근義士(당시 선린상고 학생)가 주도한 운동으로 원곡·양성 연합 시위의 시발점이 되었다. 이날 안성읍내에서는 상인들은 철시하고 만세 운동에 동조했으며 이후 소규모 만세운동이 곳곳에서 일어났다. 서울에서 귀향한 학생들에 의해서 식민통치에 대한 불만이 고조되어 3월 30일부터 본격적인 안성 독립운동이 진행되어 기생들의 독립운동(3월 31일)으로, 4월 1일 만세고개 숯안성독립운동으로 불붙어졌던 것이다.

"새 밝음의 고을" 안성에도 독립기념관이 있다는 사실을 아는 이들이 많지 않은 것 같다. 여주 이천으로 여행을 계획하다가 안성독립기념관을 우연히 알게 되었다.

'안성에서도 독립운동이 일어나지 않을 리 없었겠다' 는 생각이 당연하게 밀려왔다. 아픈 마음으로 안성 독립운동에 관해 탐색을 시작했다. 인터넷과 관련 서적을 통해 며칠 동안 공부한 결과 특이한 사실을 발견해 내었다. 평안북도 의주군, 황해도 수안군에서 일어났던 항쟁과 함께 3대 실력항쟁으로 손꼽힌다는 사실이다. 특히, 1919년 4월 1일 안성독립운동은 일본 주재소와 면사무소, 우편소 등을 모두 불 지르고 파괴하여 일본을 이틀 동안 안성 주민들이 지배했었다는 사실이 특이하다. 말 그대로 일제 식민 통치 속에서 일제를 몰아내고 경부선 철도 차단까지 시도하는 등 "2일 간의 해방"을 이뤄내어 안성 사람들의 항일 투쟁이 실력항쟁으로 주목받고 있다. 민족대표 33인들도 3년형이 최고였으나, 안성 4·1운동 때 최은식은 12년형을 언도 받을 정도였으니 일본 총독부도 이곳의 항일 투쟁을 무겁게 다루었다는 것을 알 수 있지 않은가?

1910년 8월에 겪은 우리 민족의 치욕(경술국치)에 이어, 토지조사 사업으로 땅을 빼앗기고 화전민과 소작인으로 전락한 조선인들. 이들 중 172,000여명은 간도, 연해주로 강제로 이주시켜지는 고통을 겪어야 했다. 누르면 누를수록 튕겨나가려는 게 일반적인 속성일 것이다.

밟히면 밟힐수록 꿈틀대며 반항하고자 하는 게 조선인들의 속성일지도 모른다. 미국의 여성 인류학자인 루스 베네딕트가 쓴 「국화와 칼」이라는 책에서 말한 것처럼 일본은 조선 뿐 아니라, 중국, 러시아와 대동아 전쟁을 일으키고 미국 진주만까지 폭격할 정도로 의기충천했다. 일본인들을 어려서부터 천황에 대한 복종과 충성, 의리를 교육받으며 그것에 길들여진 민족이다. 그들이 조선도 그럴 것이라고 쉽게 생각했던 것이 문제였다. 조선인을 칼로 지배하려 하고, 착취하면 착취하는 대로 조선이 맹종하리라는 그들의 착각은 빗나갈 수밖에 없었다. 그들의 칼 앞에 무릎을 꿇지 않는다는 것을 보여준 안성 독립운동이었다. 무력과 폭력으로 조직력을 갖고 강력한 항거를 보였던 안성 독립운동. 특히, 1919년 4월 1일 만세 운동은 안성주민들이 한명도 빠짐없이 항쟁에 참여했다는 것에 안성인들의 단결을 엿볼 수 있다. 2,000여명이 참여하였다가 800여명이 체포, 127명 투옥, 24명이 순국했다.

안성에서 버스를 타고 평택터미널로 이동하여, 터미널에서 서울로, 서울에서 몇 번을 전철을 갈아타고 귀가하는 고단한 여정 속에서 계속 나의 뇌리를 지배했던 두 개의 조형물이 가슴을 조여 왔다. 그녀들은 왜 그래야만 했을까? 농민들이야 토지를 빼앗긴 것에 대한 항쟁이라고 이해하면 쉽게 납득될 일이지만, 기생들까지 왜 그랬을까? 기생들도 하는 독립운동이었다. 쭈그리고 웅크린 여인의 몸에서 피어나던 꽃화살. 천년의 사랑. 그녀들도 나라를 사랑했다.

- 안성독립기념관

- 대한 매일신보 기사

- 양성보통공립학교 독립운동

- 기생 변매화

- 카라 꽃 화살에 찔린 여성을
  형상화한 조형물

대각사大覺寺 용성 스님

대각사

종묘 정문에서 만나자는 약속 시간에 이미 늦은 터라 택시를 타고 서둘러야 했다. 기사 아저씨는 종묘 대신 탑골 공원 앞에 나를 내려놓았다.

서울에서 태어나서 몇 십 년 째 살고 있지만, 서울 곳곳을 꿰고 있지 못한 터라 사람들에게 물어가면서 종묘를 찾아가야 했다.

아침부터 내리 쪼이는 따가운 여름 햇살이 눈을 찔러왔고 걷는 것조차 힘이 들었다. 굽 높은 샌들에 발이 아파서 한 걸음 한 걸음이 힘에 겨웠다. 쏟아지는 햇볕에 마음까지 함께 쏟아지는 것 같았다.

종묘 안을 한 바퀴 돌며 관람을 하고 나와 보니, 어느새 어디에서 모이셨는지 할아버지들이 종묘 공원을 가득 채우고 계셨다. 여기저기서 삼삼오오 모여 바둑이나 장기를 두시는 분들, 구경하는 인파들.

'옆 탑골 공원에 1919년, 삼일절에 독립운동을 하러 모였던 인파들이 이 같았을까?' 하는 생각에 잠시 잠기다가 푹푹 찌는 여름 날씨와 인파에서 도망이라도 하듯 종묘 옆길을 따라 걸었다.

대각사 대웅전 안에 용성 스님의 사진

　종묘 뒷담 길의 정취가 색다르게 느껴졌다. 검은 벽돌을 흰 회벽으로 마감해 놓아서일까? 고즈넉한 정취가 정겨웠다. 벽돌 위에 얹어진 기왓장들이 마치 현실 세계와 조선 왕족들의 위패를 도도하게 구분해 주는 것 같았다.

　종묘 안에 농익은 여름나무들의 푸르름이 바람에 찰랑였지만, 돌담 밖 현실에는 시원한 바람이 한 점도 전해지지 않는 것 같았다. 조선의 왕족들의 평안을 빌면서 걷다보니 어릴 적 동네에서 본 듯한 가게 집이 눈에 뜨였다.

　반가운 마음으로 나는 어느새 그 가게 안에 들어가 있었다. 할머니와 할아버지가 다정하게 앉아서 가게를 보고 계셨다. 어린 시절 동네 입구에 있던 구멍가게를 마주친 느낌! 가게 앞에 놓인 빨강색 파라솔에 앉아 음료수를 마시며 한참을 있었다. 골목 안으로 오토바이도 지나가고 사람들도 지나가고.

　이 더운 날, 바람 한 점 없는 골목길 파라솔에서 일어서지 못하는 까닭이 무엇이었을까? 조금만 걸으면 종로 3가 쪽에 커피 전문점에

에어컨 속에서 시원하게 있을 수 있는데….

　30도가 넘는 찜통 속에 앉아 내가 찾고 싶은 것은 무엇이었을까?

　어린 시절, 유년에 대한 기억의 부스러기라도 줍고 싶은 것이었을까? 분명 어린 시절로 돌아가 동네 입구에 앉아 '잃어버린 나'를 찾고 싶었는지도 모른다.

　대각사, 용성 스님

姜 笑耳

종로 3가 골목길
대각사 절집 구멍가게는
어린 시절로 끌고 가는 시계바늘이다

여름 햇볕이
굶주린 호랑이 혀처럼 빨갛게 늘어진 한낮
가게 앞 파라솔 불화로에 앉아
내 유년의 부스러기를 찾다가
[3·1운동의 발원지] 보물조각을 줍는다

상가 건물 틈에 어깨 비집고
단청무늬 곱게 고즈넉한 곳
저녁마다 울리는 범종소리 들어주는 이 누구일까
오토바이 굉음, 자동차 소음 속에 봉인된다

빌딩숲 사이 연꽃 봉오리 안에

피어나고 싶은 것은 무엇일까
님의 어깨 하얗게 눈이 부시다

시집 「철모와 꽃양산」 90쪽

그런데 빨간 파라솔 속에 앉아 유년을 더듬고 있던 내 시야에 들어
온 또 다른 것이 있었다. 민족의 성지-대각사大覺寺라는 현판의 작은
절이었다. 종로 골목 안에 현대식 상업 상가 건물들 사이에 간신히 끼
어있는 듯한 절. 어깨를 움츠린 듯한 모습이 가슴 아프게 다가왔다.

지금까지 보아왔던 대부분의 사찰은 산을 뒤로 하고 나무로 둘러싸
여 석등과 범종까지 갖춘 모습으로 자연과 어우러져 있는 것에 비해
이 절은 특이하다는 생각이 들었다.

그러나 사찰의 규모가 중요한 것이겠는가? 백용성 스님이 이 절을
세우셨고 그분이 민족대표 33인 중에 한분이라는 사실이 가슴을 때렸
다. 바로 이곳 대각사에서 용성 스님이 공약 3장을 작성하셨다고 한
다. 그 이유로 서대문형무소에서 3년간 옥고도 치르셨다고 한다.

용성 스님은 김구 선생이 상해에서 임시정부를 운영할 때, 독립자금
도 대어주고 윤봉길 의사도 그곳으로 보내셨다고 한다.

출감 후 불교 서적을 간행하는 한편 독립운동을 펼치다가 48세의 일
기로 별세하셨다는 용성 스님.

이렇게 서울 종로 가까이에 용성 스님의 발자취가 오롯이 남아있음

을 오늘에서야 알게 되다니….

　서대문형무소에서 옥고를 치르고 순국하신 순국선열들을 가슴 아파하며 시를 여러 편 쓰곤 했다. 시를 쓰다가 시어가 막히면 공원에 다시 나가서 공원을 한 바퀴 돌기도 하고, 서대문형무소에 들어가 관람을 하기도 했다. 어둡고 차가운 감방에서 고독과 고문으로 고통당했을 애국지사들을 생각하며 가슴 아파하곤 했다.

　'시어 몇 개, 시 몇 구절로 그들의 아픔을 어찌 표현할 수 있겠는가' 하는 자괴감에 순국선열추념탑 앞에서 묵념과 기도를 반복하곤 했었다.

　김구 선생도 상록수 심훈 선생도 유관순 열사와 함께 용성 스님도 이곳에서 옥고를 치르셨다는 것을 이렇게 뒤늦게야 알게 되다니…. 부끄러운 생각이 든다.

　종묘 뒷담 길을 걸어 구멍가게에 이끌려 결국 용성 스님-대각사를 보게 된 것이다. 아마도, 용성 스님처럼 나라를 향한 붉은 마음이 되라는 하늘의 뜻이었을까? 뜨겁고 무더운 여름 한 날, 구멍가게 앞에 빨간 파라솔 속에 앉아 용성 스님을 처음으로 알게 되다니….

　독립운동의 근거지 역할을 했던 민족운동의 성지, 대각사를 새롭게 알게 되어 마음이 기쁘다.

　사찰 안을 둘러보았다. 여기 저기 보수 공사 중이었지만, 불당에 부처님만은 고요하게 앉아 계셨다. 입가에 은은한 미소를 띠우며….

　그런데 법당 안에 나란히 앉아계신 세 부처님 중에 연꽃 가지枝 하나를 들고 계신 부처님은 어느 사찰에서도 보지 못한 광경이었다. 손에 들고 계신 연꽃 봉오리는 결국 무엇을 향한 부처님의 열망이실까? 용성 스님의 나라 사랑의 마음이 그 속에 녹아 있는 것일까?

꽃을 들고 계신 부처님의 어깨 곡선이 참으로 곱도록 눈이 부셨다. 그 어깨에 얹어진 용성 스님의 넋이 법당 안에 퍼져 있는 듯한 느낌도 들었다.

법당으로 오르는 다섯 돌계단. 차안에서 피안으로 오르는 사다리일까? 돌계단 옆에 조각된 연꽃 문양을 보며, '진흙 속에서 핀다는 연꽃'을 마음에 그려본다.

그림: 전규태(한국문화예술총연합회 학술원장)

부산 철쭉꽃
―박차정 의사

부산 여자가 34세의 나이로 1944년 5월 27일 중국 충징에서 사망한다. 그녀의 죽음을 우리는 순국이라고 부른다. 그녀가 죽고 50년 만에 그녀는 유관순 열사와 동급인 건국훈장 독립장에 추서된다.

부산 금정구 구서 나들목 만남의 광장에 박차정 의사의 동상이 서 있다. 두 손에 장총을 들고 군화를 신은 씩씩한 다부진 여군의 모습이다. 그녀는 여성의 몸으로 실제 전투-일본군과 맞서 싸우던 쿤륜산崑崙山 전투 중에 어깨에 총상을 입고 관절염의 후유증을 앓다가 사망한다.

독립운동가들 중에 여성 독립운동가들이 적지 않은 것이 사실이다. 그러나 그녀는 총을 들고 직접 항일 전투에서 싸웠다는 것과 교육자이며 글을 쓰는 작가였다는 것이 눈길을 끈다.

그녀의 모교 동래일신여학교(현 동래여고)의 교정에 철쭉꽃이 흐드러지게 피듯이, 그녀는 일제 강점기 때 부산과 중국에서 피어났던 철

쭉꽃과 같다는 느낌이 들었다.

　그녀는 고교시절 글 솜씨가 뛰어나 교지에 '개구리 소재' 라는 시를
발표하기도 한다. 소설 '철야' 와 일본어로 쓴 수필집 '가을 아침' 이
그녀가 남긴 저술 작품이다. 글 쓰는 이들은 다소 감상적이고 여리고
예민한 면이 있게 마련인데, 그녀는 총을 들고 전장터에서 싸운 군인
이었다. 그녀의 짧은 생애는 그녀를 일제 강점기 때 활동한 문인으로
기억하지 않는다. 그녀는 독립을 위해서 싸운 독립운동가였다고 하는
점에 우리 후손들은 무게를 싣고 있다.

　부산에 여행을 가면 우리들은 흔히들 해운대 해변을 걷고 싶어 한
다. 광안대교를 보거나 남·동해가 만나는 해동용궁사의 풍광을 즐기
고 싶어한다. 범어사의 운치를 만끽하거나 자갈치 시장에서 짚풀 꼼
장어 구이와 소주 한잔을 생각할 것이다. 용두 공원을 걷고 전망대에
올라가 보는 것도 좋을 것이다. 그러나 KTX로 부산역에 내려 지하철
을 타고 낙민역에 내렸다. 박차정 의사義士의 생가를 먼저 보고 싶었

기 때문이다. 안중근 의사, 윤봉길 의사처럼 박차정이라는 여인의 이름 뒤에도 의사라는 말이 붙어있어서 궁금증과 호기심을 따라간 것이다. 일자형의 조촐한 기와집 한 채. 양쪽 방과 마루에는 그녀를 기념하기 위한 사진과 훈장들이 유리 상자 안에 전시되어 있다. 왼쪽 방에는 누군가 거처하는 것처럼 살림 도구들이 놓여있고 얌전해 보이는 아주머니가 방문객을 맞는다. 자세한 설명을 요청했으나 아는 것이 없다는 응답이었다. 단체 관람객들에게만 시市에서 나와 설명을 해준다는 말이었다. 넓지 않은 안마당을 휭 둘러보니 겨울바람만 가득하다. 박차정 의사에 대한 설명판이 두어 개 안마당에 낮은 높이로 세워져 있다. 기와를 인 대문을 빠져 나오려 하자 서울에서 온 손님을 배웅하는 것은 흰둥이 강아지뿐이다. 몇 장의 사진을 찍고 그곳을 떠나오면서 부산 사투리를 심하게 쓸 것 같은 박차정 의사에 대해 몹시 궁금해졌다.

연약한 여성이면서 그녀는 왜 독립운동을 하려 했으며 중국까지 가서 무장한 군사로 총을 들고 전투에 참여해야 했을까? 그 시대 여인들 대부분은 할 수 없이 시대적 상황을 관조하며, 마음으로는 독립을 바라지만 뭔가 할 수 있는 일이 아무 것도 없다고 포기한 채 그저 아낙네의 삶을 산 사람들이 대부분이었을 것이다. 그러나 박차정 의사는 달랐다. 태생부터가 그랬다. 부친이 일제에 항거하여 자결을 했고, 숙부 박일형과 외가의 친척들(김두봉과 김두전)이 독립운동가였으며, 오빠들 박문희와 박문호가 독립운동을 했다. 집안 전체가 독립운동가 집안이었던 것이다. 어려서부터 그런 분위기 속에서 자라서 그녀도 그렇게 자신을 독립운동에 투신하게 된 것이리라. 그녀는 일신여학교 시절부터 학생운동에 참가하여 여러 차례 체포, 구금되기도 한다. 그 녀의 운명처럼. 김포에서 일어난 독립운동이나 제주도 조천만세 운동 이나 해녀들의 독립운동에서도 보았듯이, 그 당시에는 고등학생들이 시대를 가슴으로 아파하며 현실에 참여하여 자신의 몸을 던지는 것을 보아왔다. 그녀도 그랬다. 항일 민족의식과 남녀평등 사상을 고취시 키며 일신여학교 동맹휴학을 주도한다. 결국 부산을 떠나 경성부로 올라와 근우회 중앙집행위원과 중앙상무위원으로 선임되어 선전과 출판부문에서 활동하던 중 1929년 광주학생운동의 연장으로 1930년 1월 서울지역 11개 여학교의 시위 투쟁인 '근우회 사건'을 배후에서 주도한다. 1930년 광주학생 운동 후속 시위와 노동자 파업 주동 혐의 로 다시 체포되어 서대문형무소에서 복역하며 고문당한다. 그녀의 험 난한 독립운동의 여정은 거기서 끝나지 않았다. 병보석으로 1년 만에 풀려난 뒤, 작은 오빠 (박문호)가 건너가 있던 중국으로 망명을 한다.

그녀는 중국에서도 조용하고 얌전하게 살지 않았다. 오빠와 지인들을 통해 이미 중국까지 알려진 공적을 인정받아 조선공산당재 건설 동맹 중앙 위원과 의열단 간부에 선임된다. 그리고 안광천의 소개로 의열단 단장 김원봉과 1931년 결혼한 후 의열단의 핵심 멤버로 활약 하게 된다. 난징으로 거주를 옮겨 김원봉이 난징에 청년 투사를 양성 하기 위해 설립한 조선혁명군사정치간부학교 교관으로 일하면서 지 휘관의 역할을 담당한다. 이때 임철애, 임철산의 가명으로 민족혁명 당의 남경조선부녀회를 조직, 중일전쟁이 시작되자 기고와 방송활동으로 일본의 침략 전쟁을 규탄하고 조선부녀자들의 일치단결과 투쟁을 촉구하는 등 독립운동에 매진하게 된다. 조선 민족 연맹이 한중 연합 전선 무장 세력인 조선의용대를 구성하자 여군 격인 부녀 복무단을 설치하여 단장을 맡아 활약하다가 1939년 2월 곤륜산 전투에서 어깨에 총상을 맞은 것이다. 그녀의 유해는 해방직후 1945년 12월 남편의 고향인 밀양에 송환되어 송산공동묘지에 안장된다. 그래도 그녀는 죽어서는 고국 품에 잠들어 있다. 아무도 돌보는 이 없는 초라한 무덤으로 박차정의 묘지라는 비석만이 그녀의 무덤을 지킨다. 자식이 없어서 돌보지 않은 것도 아닐 것이다. 그녀의 남편이 월북 후 장관급 각료를 역임했기 때문에 그녀의 공훈은 높이 평가 받아오지 못했던 것이 사실이다. 그녀의 친척들이 맹렬 독립운동가들(김두봉, 김두전, 박일형 등)이었고, 오빠들(박문희, 박문호)도 독립운동가였으나 그들의 독립운동은 사회주의 계열로 분류되어졌다. 일제 강점기 때 우리 민족의 적敵은 일본 제국주의였다. 그녀는 항일구국운동을 벌였고, 여성의 몸으로 전투에 참여하면서까지 독립투쟁을 벌였지만 이념의 대립이라는 산을 하나 더 넘어야 했다. 그녀가 순국한 지 50년이 지나서야 그녀를 여성 독립운동가로 재평가하기 시작했고 1995년에 유관순 열사와 동급인 건국훈장 독립장이 그녀에게 주어졌다. 그녀가 그런 훈장을 받고자 독립운동을 하지는 않았을 것이다. 콩밭에서는 콩이 자라고 배추 밭에서는 배추가 자라듯이 그녀는 독립운동가 집안에서 자라 그 길을 걸었다. 그리고 투옥되고 고문을 당하고 중국으로 망명까지 했다가 거기서도 독립을 위해서 싸웠다. 다 아는 것처럼, 2005년에 그녀의 생가가 복원되고 2001년에 부산 만남의 광장에 동상이 건립되었다. 2008년과 2010년에는 창작 뮤지컬 '박차정' 이 공연되었다. 2014년 5월 28일 부산보훈청이 벌인 행사-박차정 의사 70주년을 맞아 기념행사를 CMB뉴스는 보도하고 있다. 부산의 억척스런 경상도 여인, 박차정 의사, 부산 철쭉꽃을 조우했다.

  부산 해운대의 파도가 가슴까지 밀려왔으나, 겨울 바다가 그리운 부산여행이었다.

박차정 생가에서 전시장에 걸린 의사의 사진

전주에서 동학농민혁명을 보다

전주에서 동학농민혁명 기념행사가 있다는 소식을 들은 적이 있다. 그 행사에 참석하고 싶어서 새벽 기차를 탄 적이 있었다. 기차에 자리가 없다고 하여 입석을 타고 내려가려 했다. 없다던 자리가 갑자기 생겨났는지 예약했던 사람이 취소를 했는지, 내게 자리가 주어졌다. 그러나 전주에 미리 내려가 있던 친구와 짧은 통화 후, 나는 기차에서 내렸다. 새벽같이 기차를 탔다가 내리기는 처음이다.

그날 이후 동학혁명과 전주를 내내 생각하곤 했다. '전주' 는 한옥마을, 전동 성당, 한지로 유명하다. 덕진공원의 연꽃축제와 야경은 전주의 자랑거리이기도 하다. 완산공원의 꽃 잔치도 빼놓을 수 없는 전주의 명경名景이다. 전주객사, 경기전이나 한벽루 또한 볼거리 중에 볼거리다. 그리고 무엇보다도 전주는 '음식의 도시' 일 것이다. 콩나물국밥이나 전주비빔밥은 전주의 대명사가 되어 버렸다. 모주 한잔의 풍류도 멋스러울 것이다. 그래서 전주를 찾는 이들이 줄을 서고 있는지도 모른다.

마음속으로 100번을 넘게 찾다가, 행동으로 옮긴 게 2016년 8월 어느 날이었다. 작열하게 내리쪼이는 뙤약볕 속에서 100갈피의 생각이 엇갈렸다. 아침 KTX를 타고 전주에 도착했다. 1시간 48분의 소요 시간. 내가 속해있는 시인협회 일행들과 함께 승용차로 내려갈 수도 있었지만, 기차 여행의 낭만을 즐기고 싶다는 생각이었다. 일행이 내려오는 동안 나 나름의 시간-최명희 문학관과 동학농민혁명기념관을 둘러보고 싶은 야무진 생각에서였다. 내 생각은 옳았다. 기차역에서 내려 최명희 문학관에 도착하여 그곳에 게재되어 있는 글들을 낱낱이 읽고 동영상을 몇 번씩 보고 사유하고 또 사유하며 1시간이 넘게 관람을 했다. 시인협회 식구들은 아직 논산을 지나고 있다고 했다. 최명희 문학관에서 5분 정도 걸어 '동학농민혁명 기념관'을 찾아갔다. 그곳에서도 전시된 설명들을 하나하나 되짚어 읽고 또 읽고 머릿속에 차곡차곡 챙겨 넣고 일일이 사진을 찍었다.

최명희 문학관에서도 동학 기념관에서도 관람객들은 휭 둘러보고 나가는 눈치였다. 그래도 놀라운 것은 이토록 더운 날, 산과 바다를 찾는 대신 동학농민혁명 기념관을 찾는 이들이 꽤 많다는 사실이다. 어떤 젊은 엄마는 초등학생인 듯한 아이에게 설명을 해주느라 여념이 없다. 좋아 보였다. 그리고 사람들이 이처럼 동학 농민혁명에 대해 관심이 많다는 것에도 놀라지 않을 수 없었다.

'역사 시간에 배웠던 기억'을 더듬으며 설명된 한 글자 한 글자를 생명수라도 되듯이 읽어내는 데에 1시간 반이 넘게 걸린 것 같다. 시인들은 아직도 전주에 도착하지 못했다고 했다. 미리 기차로 내려와서 공부 시간을 갖은 게 여간 다행한 일이었다. 그리고 내내 머리를 떠나지 않는 한 가지 사실-'동학농민혁명운동은 고부에서 전봉준이 일으킨 것이었는데 하는 사실' 이었다. '전주와 무슨 상관이 있었나?' 하는 의문이 있었다. 기념관을 둘러보면서 머리가 통쾌해졌다.

부안에서 녹두 장군 전봉준은 동학농민봉기를 한다. 1894년 1월 10일의 일이었다. 122년 전의 일이다. 전국적으로 농민들의 생활이 피폐해 있었다. 탐관오리들의 수탈과 억울한 조세에 시달리면서 농민들의 한숨이 늘어갔다. 전봉준의 봉기도 전국적으로 일어나던 여느 농민운동과 다를 것이 없었다. 그러나 그의 봉기는 전국적인 동학교도들의 호응을 얻어 들불처럼 온 나라에 퍼졌다. 부안 말목장터에서 봉기하여 고부관아를 점령하고, 3월 11~12일 원평 금구를 거쳐 부안, 금산에서 동학도 수 천 명이 아전의 집을 불태우면서 그들의 항쟁은 번져나갔다. 손화중의 협조로 고부군을 점령하고 변산으로 진출, 김개남-김덕명 등 동학 대접주들이 참여하게 된다. 정읍, 태안, 부안에서도 농민들이 합세하여 부안의 황토현과 황룡전투에서 대승을 하고 그들은 전주성을 점령한다. 장성에서도 농민군들이 승리하고 전주성 입성을 목표로 진군했던 것이다. 전주는 오늘날에도 전라북도 도청소재지다. 전북의 정치, 경제, 문화의 구심점이 되고 있다. 구한말에도 역시 전주의 역할은 전북의 중심이었다. 그런 전주성에 동학군이 점령의 깃발을 꽂은 것은 정부에 대한 대혁명을 실현한 것과 같은 것이었다.

혁명, 새로운 이상세계를 갈망하는 것은 동서고금을 통해 모든 인류의 갈망일 것이다. 노비문서를 불태우고 신분의 차별을 두지 말 것과 잡세를 없애고 농민의 빚을 없던 것으로 하라는 것, 탐관오리를 벌주라는 등의 폐정개혁안을 내세우는 그들의 요청은 화끈한 혁명을 요구하는 것이었다. 양반-중인-평민-천민의 신분 질서를 유지시켜, 양반들만 특권을 누려오던 조선시대의 신분질서가 서서히 무너지던 시대였다. 매관매직까지 일삼으며 돈으로 양반신분도 살 수 있는 시대였다. 신분의 차이라는 것이 그토록 사람들의 마음을 짓누르는 억압이고 피멍과 같은 한이었다. 여기저기서 자신의 벼슬을 무기삼아 농민을 수탈하고 탐관오리들의 횡포가 하늘을 치솟을 때, 고부에서 전봉준이 일으킨 민란이 동학 농민 봉기였다. 고부 군수 조병갑의 횡포에 항의하러 갔던 전봉준의 부친이 맞아서 싸늘한 시신이 되어 돌아오니 전봉준의 분노가 폭발했던 것이고 전국에 퍼져있던 동학교도들에게 사발통문을 보내 농민들의 분노가 전국을 흔들었던 것이다.

  "지렁이도 밟으면 꿈틀한다" 는 속담이 있다.
  "쥐도 궁지에 몰리면 고양이를 문다" 는 옛말도 있다.

  직파법에서 이앙법으로 농사법이 전환된 후 농민들의 노동력은 더욱 가중되었으나 추수된 알곡은 모두 지주나 대농, 상인들에게 이익이 돌아가게 되니 농민들의 불만이 쌓이지 않을 수 없었다. 또한 일본 상인들은 값비싼 생필품을 조선에 팔고, 조선의 양곡을 헐값으로 일본으로 가져갔다. 조선엔 쌀이 부족하게 되고 농민들은 굶주려야 했다. 구한말에 일본이 조선에 벌인 일에 대해서 가장 민감하게 반응한 것이 농민들이었던 것이다. 쌀은 그들의 생명이었고 자존심이었기 때문일 것이다. 이앙법으로 일 년에 두 번씩 수확을 해도, 그들은 굶주렸으니 당연한 항쟁이었을 것이다. 세계사의 역사에서도 프랑스 혁명, 영국의 청교도 혁명, 미국혁명 등도 그 원인의 근간에는 농민의 분노가 있었다.

"농자천하지대본야農者天下之大本也" 라는 말이 있다. "농사짓는 사람이 세상의 근본이다" 즉 "농업이 가장 중요하다" 는 뜻이다.

요즘 같은 불볕더위에 논밭에서 허리를 굽히고 농사일을 하는 농부를 생각해 보자. 실내에서 하루 종일 냉방기를 틀어놓고도 더위에 지쳐서 아무 것도 할 수 없을 만큼 무기력에 빠지곤 한다. 그 뙤약볕 속에서 농부들은 허리가 휘도록 일을 한다. 그들의 노고가 있었기에 우리들의 식탁은 풍성해진다.

구한말 농부들이 혁명을 일으켰다. 혁명이란 이전의 관습이나 제도 방식 따위를 깨버리고 새로운 것을 급격하게 세우는 것-피지배층이 그 권력을 비합법적인 방법으로 탈취하는 권력교체의 방식이라고 사전은 말하고 있다. 서학에서 들어온 서양 학문에 반대한다는 뜻으로 1860년경에 경주 양반 최제우에 의해서 창도된 것이 동학東學이다. "인간이 곧 하늘" 이라는 인내천人乃天 사상을 기본 철학으로 "우리의 전통-우리 것을 존중해야 한다" 는 사상은 농민들에게 급속히 퍼져 나갔다. "사람이 곧 한울(하늘)이니 사람 섬기기를 하늘 같이 하라"

화승총: 동학농민혁명 때 농민들이 사용했던 무기-동학혁명기념관에서

는 사상은 농민들의 마음에 파고들어 농민들에게 큰 호응을 얻었다.
현세구복적인 종교적 차원도 있었지만, 반봉건·반외세 사상으로 삼
남지방(경상도, 전라도, 충청도)에 교세가 커져가자 민심을 어지럽힌
다는 죄목(좌도혹민)으로 최제우는 처형된다. 그러나 최제우의 뒤를
이은 최시형에 의해 동학도들은 이끌어졌다. 동학농민운동을 전국적
인 운동이 되게 한 것도 최시형이었다. 최시형의 기포령에 따라 전라
도, 충청도, 강원도, 경상도, 경기도 황해도, 평안도에서 동학군이 기
포하고 전국적인 동학농민운동-항쟁이 일어나게 된다. 이때 우리에게
널리 알려진 백범 김구 선생도 황해도 해주에서 기포하게 된다.

　다시 전주성 이야기로 돌아가 보자. 서울에서 내려 보낸 경군을 동
학군이 물리치고 전라도의 수부首府인 전주성까지 동학군이 점령하
자 정부에서는 화해를 요청한다. 해서 " 전주화약"이라는 조약을 맺
는다. 이에 동학군은 폐정개혁안을 제시하고 '집강소'를 전라도 전
지역(47~53개 고을)에 설치하게 된다. 최초의 민주적 지방 자치 활동
이 전라지역에 시행된 것이다. 농민이 정치에 주인이 되고 나라의 주
인이 되는 것 같았으나 청나라의 지원군이 올 때까지 만이었다. 잠시

동안 동학군을 달랜 것이다. 마음을 놓은 착하고 여린 동학군은 해산을 했지만, 외세가 개입한다는 소식에 동학군은 전주에서 다시 일어난다. 조선이 청나라에 원병을 요청하자 일본이 청을 이기고 본격적으로 조선을 독차지할 심산으로 결국 청일전쟁이 일어나게 된다. 청나라와 일본이 조선을 차지하려는 전쟁이 일어난 곳이 조선 땅이었다. 그 때 짓밟히고 희생된 것은 조선의 여인들과 어린아이들, 국토였다. 산이 울고 들이 울고 하늘이 울었을 것이다. 청-일 전쟁에서 승리한 일본의 야욕은 노골화 되었다. 이에 분개하지 않을 백성이 어디에 있었겠는가? 충청도 농민들까지 합세하여 10만 명에 이르는 동학군이 공주로 쳐들어갔다. 일이 이쯤 되자 동학군은 농민의 권익을 찾으려는 농민봉기를 뛰어넘고 있었다. 권익보다 외세와 맞서 싸우는 의로운 국가호위병의 성격이 된 것으로 보인다. 일본이라는 외세에 강력하게 대항하며 그들은 해주읍성을 점령하였으나 동학군들의 손에는 화승총과 몽둥이가 전부였다. 불을 붙여서 사용하는 화승총은 비가 오면 습기로 인해 불이 붙지 않는 단점이 있었다. 무기가 열악한 동학군은 신식무기를 가진 일본군에게 패하여 우금치 전투에서 막을 내린다. 이때 전봉준과 지도자들이 사형을 당하고 30~40만 명의 희생자만 내고 동학 혁명은 실패로 끝난다.

좀더 나아가 충남 서산지역에서 일어난 농민봉기인 동학농민 전쟁에 대해서도 살펴보자. 1894년 4월경에 서산지역에서 농민전쟁이 시작되었다. 서산도 동학이 왕성하던 곳이었다. 서산은 내포지역에서 농민봉기를 일으킬 때 예산과 예포 농민군의 중심 근거지였다. 서산

지역 해미성 전투, 매현 전투도 유명하다. 서산과 태안 지역에서 조직적인 농민봉기가 시작된 것은 1894년 10월이었다. 서산, 태안 지역의 동학 두령 30여명을 체포, 투옥되었기에 서산에서 동학도들이 관청을 습격하여 투쟁을 벌인 것이 동학 전쟁으로 이어졌다. 이때 30명을 구출하고 서산 군수 박정기를 율지촌으로 끌고나와 참수하고 이방 송봉훈도 타살했다. 이에 앞서 태안 관아를 습격하여 두령 30명을 구출하고, 태안 군수 신백희와 별유사 김경제를 장터에서 작두로 공개 참수하는 극단적인 하극상을 보인다. 농민들은 관아와 관속들의 집을 방화하고 해미읍성도 점령한다. 무기와 관아의 곡식을 탈취하고 인근 부호들에게 백미와 흰 소금, 돈을 탈취하기도 한다. 농민군이 승전목 전투에서 대승을 거두고 일본군과 관군을 물리치고 예산 산성 전투에서도 승리한다. 이어 홍주성 전투(10월 28일~29일)에서는 3만여 명이 가담했으나 1,000 여명의 일 · 관군의 통제력과 무기 앞에 갈산, 덕산으로 퇴각하여 해미읍성에 웅거하게 된다. 관군(이두황軍)의 공격으로 농민군은 당진, 면천, 서산, 태안 지역으로 흩어진다.

동학도들이 사용했던 청수그릇과 염주-동학혁명기념관에서

위에서 살펴본 것처럼 동학군은 무섭게 항쟁했다. 수령을 살해하고 체제에 반기를 드는 형태를 보이는 과격함을 보인다. 궁지에 몰린 쥐가 고양이를 문 형국이다. 그러나 전체적으로 보면 많은 희생자를 내고 동학농민혁명은 실패였다. 이미 권력을 잡은 기득권자들이 농민들의 반기를 간과하지 못했고, 관군의 힘만으로는 농민군들의 항쟁을 막아내지 못하여 외세의 힘을 빌려 온 것이 안타까운 일이 아닐 수 없다. 마치 자기 집 어린애가 말을 듣지 않고 대든다고 하여 그것을 집안에서 다스리지 못하고, 옆집 어른에게 대신 때려달라고 하는 격이었다. 결국 청일전쟁을 불러왔고 청나라와 일본의 말발굽과 총칼에 힘없는 백성들은 피를 흘려야했다.

미식味食의 도시, 한지로 유명한 도시라고만 알고 있던 전주 여행에서 나는 동학농민혁명을 보았다. 평야와 곡창지대로 유명한 전라도 땅에서 맹렬한 동학농민이 일어나게 된 배경도 알게 되었다. 전주성을 함락시키고 충청서북부 지역까지 뻗어나간 동학군이 우금치에서 패배로 막을 내리게 된 것도 알게 되었다. 전주 동학농민혁명 기념관에서 1시간을 넘게 머물면서 최제우, 최시형, 손병희 선생의 흉상을 보았고, 유리 상자 속에 전시되어 있던 화승총도 보았다. 청수淸水를 떠놓고 기도와 수행을 하던 놋그릇도 볼 수 있었다. 그들이 기도할 때 쓰던 염주도 전시되어 있었다. 동학에서 말하는 오심 즉 여심吾心 卽 汝心 - '내 마음이 곧 네 마음' 이라는 말이 마음에 와 닿는다. 그들이 말하는 보국안민輔國安民 사상은 가슴을 울리는 기치를 갖고 있다. '나라를 보호하고 백성을 편안하게 한다.' 는 주장은 구한말에 가장 필요한 덕목이었다. 반봉건 반제국의 경향을 갖는 동학사상은 3대 교주 손병희 선생에게 이어졌다. 그리고 동학에서 걷은 성금誠金과 성미誠米가 3·1운동의 자금이 되었다. 민족대표 33인 중에 15명이 천도교(동학)인들이었고 그 중에 7명이 동학농민혁명 당시 대접주 출신이었다는 것도 새롭게 알았다. 3·1운동의 성과로 상해 대한민국임시정부가 수립된 뿌리가 되었다. 3·1운동, 6·10 만세 운동, 신간회 운동이 전개된 것도 역시 동학에 그 뿌리가 있다고 하겠다.

칼과 무력으로 약소국을 지배하고자 했던 제국주의 침략에 맞선 운동이었다고 말하고 싶다. 동학 혁명은 실패로 끝났지만, 동학농민군은 의병들과 결합하여 활동을 이어나갔고, 만주로 망명하여 무장 독립 운동으로 이어졌다는 점에서 독립운동사의 길을 이어갔다고 하겠다.

전주에서 122년 전에 동학군과 관군의 투쟁이 가장 치열했던 곳이 완산공원이다. 완산초등학교와 중학교 옆길로 들어서면 완산 공원이 나온다. 봄이면 꽃 잔치가 한창인 평화로운 공원이 조성되어 있다. 내가 찾아간 8월의 완산 공원은 녹음이 짙게 드리워진 평화로운 풍경이었다. 역사의 먼 길을 생각하며 이곳을 찾는 감회가 새로웠다. 인도의 간디의 무저항주의를 잠시 생각해 보기도 했다. 그러나 침묵과 무저항만으로 일관하기엔 배가 몹시 고팠던 농민들은 주린 배를 움켜쥐고 항쟁의 길을 선택했고 결국 전주성까지 함락하는 승전보를 기록한 것이 아닌가 하는 생각을 해본다. 역사는 승자의 기록이었기에, 동학 농민 폭도로 기록되었던 그들은 명예를 회복하여 동학 혁명군으로 지칭

되어진다. 그리고 희생된 그들의 원혼을 달래기 위해서 고부, 정읍, 전주, 태안 등에 위령탑과 기념비가 세워지고 있다. 동학농민 기념관도 여기저기에 세워져 있다. 그 중에 하나인 '전주 동학농민혁명기념관'을 둘러보면서 어릴 때 들었던 노랫말이 생각나서 여기에 적어 본다. 전봉준이 처형되었어도 그의 농민 봉기 정신은 노래가 되어 이렇게 전해진다.

새야 파랑새야
녹두밭에 앉지 마라
녹두꽃이 떨어지면
청포장수 울고 간다

동학농민혁명기념관에서 관람을 마치고, 전북대 이ㅇㅇ교수님과 점심을 먹고 나서야 시인협회 일행들과 합류할 수 있었다.

2016. 8. 14.

민영환 선생을 찾아 떠나는 시간 여행

2019. 7. 10.(수)

　여름 햇볕이 무겁다. 종로 3가에서 낙원상가 쪽으로 걸어 인사동 길로 들어갔다. 쌈지길 골목으로 들어가면 '민영환 선생 자결터'를 볼수 있다고 해서 찾아나선 길이다. 주소대로 찾아갔으나, 한창 공사 중인지 주변이 어수선하다.

　"공사하느라 유적물을 옮긴 게 아닐까?"
　라며 친구는 포기하자고 한다. SM 면세점 건물 경비인에게 물어도 모르겠다고 한다.
　"면세점 안내데스크에 문의하라"고 한다.
　데스크 직원도 "모른다"고 한다.

　여름 햇살에 목이 바짝바짝 탄다. 그 건물에 있는 작은 커피집에서 카페라떼를 주문하여 들고 나왔다. 한 바퀴 더 돌아봐야겠다는 심산이었다. 왼쪽으로 공사장을 끼고 크게 한 바퀴 돌아본다. 순화궁 터 표지석만 보인다. 낙망하는 맘이 든다. 역사는 뒤안길로 넘긴 채, 인사동 번화가로 다시 들어선다. 걷다 보니, 관광 상품점이 보인다. 쇼 윈도우 물건들이 다채롭다. 인사동은 언제나 화려하다. 물건 구경 보다 햇볕을 피해 시원한 실내로 들어가 보고 싶어진다.

자개로 만든 보석함이며 가방들이며 자수정 팔찌와 목걸이 등…. 다 갖고 싶다는 생각을 하며 물건에 맘을 빼앗긴 채 민영환 선생을 잠시 잊어버렸다. 결국 작은 찻잔 몇 개를 사들고 나와 다시 따가운 햇살 속을 걸었다. 인사동은 상점들마다 혼을 빼놓는 것 같다. 오른쪽 골목에 '쌈지' 라는 간판이 보인다. 다시 그 골목으로 들어가 보기로 한다. 더위를 먹더라도 골목을 한 번 더 뒤져봐야 후회가 없을 것 같다. 저만치 기와지붕이 보인다. '인사동관광안내소' 라고 되어있다. 그곳에서 일러준 대로 건물 몇 개를 지나니 몇 시간 전에 카페라테를 샀던 카페 앞에 '민영환 선생 자결터' 가 명징하게 건재하고 있다. 아무도 치우지 않은 채.

커피를 주문하면서도 커피집 청년에게 물었었다. 그 청년이 모른다고 했던 바로 그 커피집 앞에 '민영환 선생 자결터' 는 있었다. 투명 유리문 바로 앞이다. 대리석 기단 위에 한옥 격자문양 문짝처럼 생긴 기념물이 서있다. 대나무 문양이 문짝 아래 부분에 부조로 장식되어 있다. 민영환 선생이 자결할 때 입고 계셨던 옷, 견장의 수술과 모자, 긴 칼 등이 문짝 앞에 누워있다. 빛바랜 청색 주조물이다. 언뜻 보면 뼈만 앙상한 시신으로 보이지만, 충정공의 의관이다. 바로 앞에 두고도 그 옆으로 지나쳐 엉뚱한 곳을 찾아 헤매었다. 인사동을 몇 바퀴 돌고 나서야 겨우 발견했다. 눈앞에 보물도 마음으로 보아야 보물이 된다고 했다.

민영환 선생. 1905년 11월 17일 일사늑약이 체결되자 백관들과 고종께 상소를 올리며, 을사늑약의 무효를 주장했다. 일본 헌병에게 끌려나와 투옥 되었다가 11월 29일에 풀려난다. 조약을 파기하고 무효라는 칙령을 고종이 발표해야 하는데, 일본의 강압으로 쉽지 않다.

1905년 11월 30일 오전 6시에 자결한다. 자신의 명함에 유서 3통을 남긴 채. 고종, 외교사절, 백성에게 한문으로 남긴 글. 그 중에 '동포에게 고함' 이라는 글은 백성에게 보내는 사죄문이다. 그의 자결은 일본의 을사늑약을 인정하지 못하겠다는 강한 저항-죽음으로써 자신의 주장을 천명하겠다는 강한 표현이었을 것이다. 나라의 외교권을 빼앗긴 것에 대한 강한 반발과 나라를 지켜내지 못한 괴로움. 공직자로서의 자괴감, 백성들 앞에 사과하는 자결.

(2014년 세월호 사고 때, 학생들의 죽음에 대해 괴로움과 관리자의 책임감으로 사죄의 죽음을 선택했던 단원고 교감선생님의 자결이 생각난다.)

그 소식과 유서 내용은 각 신문에 보도되었고 나라 안에 큰 충격을 주었다. 그의 장례식에는 백성들의 발길이 끊이지 않았고, 그의 죽음으로 인해 전국에 의병이 일어나게 되는 동기가 되었다. 을사늑약에 서명을 한 을사오적(이완용, 이근택, 이지용, 박제순, 권중현)들과는 다른 선택-그 시대 변절한 고관대작들과 차별화된 행동이었다. 그를 따라 조병세, 홍만식, 이상철(학부주사)과 인력거꾼도 자결했다. '자결' 이라는 단어가 찜통 같은 날씨에 가슴을 서늘하게 한다.

금수저를 들고 태어나서 고종의 신임을 듬뿍 받고 출세가 보장되었던 그가 왜 자결이라는 카드를 선택했는지? 과연 자결만이 최선이었을까? 박차정 의사는 여자의 몸으로 총을 들고 청산리전투에서 싸웠다. 우당 이회영 선생은 민영환 선생이 자결하던 1905년, 이상설 이시영 등과 을사늑약 무효운동을 전개하고, 을사오적을 암살하려다 실패하지만, 1906년에는 이상설, 이동녕 등과 만주 독립운동 기지 계획 후 용정촌에 '서전서숙'을 설립한다[1].

이회영은 1907년에는 헤이그의 밀사(이상설, 이준, 이위종)를 파견하는 일을 주선한다. 만주에서 신흥무관학교를 세워 청산리전투에 공을 세울 독립투사들을 배출한다. '이렇게 적극적인 활동으로 뭔가를 행동으로 해야 하지 않았을까' 하는 아쉬움이 남는다.

2019. 7. 11.(목)

민영환 선생에 대한 생각이 머릿속을 떠나지 않는다. 일어나자마자, 아침 식사를 할 생각도 하지 않고 책상에 앉아 몇 시간째 공부를 했다.

17세에 과거급제를 하여 예조판서와 형조판서, 병조판서, 이조참판을 지냈고, 독립협회와 만민공동회를 후원하기도 했다. 명성황후의 친정조카라는 배경과 고종의 신임을 받던 그 시대 실세였다.

백성들은 그를 좋아하지 않았다[2]. 동학 농민들의 표적이 되기도 했다. 명성황후의 후광을 입고 빠른 출세와 부귀영화를 누리는 권문세가에 속한 인물이었기에….

공부하다 보니, 그가 순절한 지 8개월 후, 그의 피 묻은 의관을 보관하던 마루방 마루 틈에서 대나무가 자라났다고 한다. 대나무 잎사귀가 45개인 것이 민영환 선생이 자결할 당시 나이 45세와 일치하여 '그의 충절에서 피어난 나무가 아니냐는 설'이 나돌았다. 대나무를 발견한 것은 그의 부인 박수영씨이다. 그런 신기한 자연현상을 과학으로 설명할 수 있을지? 우리 현대인들은 아마도 알에서 나왔다는 박혁거세를 비과학적이라고 보고 있을 것이다. 곰이 변하여 웅녀가 되었다는 것도…. 사람들은 민영환 선생의 마루방에서 자라난 대나무를 혈죽血竹이라 부른다. 황 현과 같은 시인은 혈죽가를 짓기도 했다. 과학이든 비과학이든 민영환 선생의 자결을 애통해하는 후세인들이 만들어 낸 이야기로 보는 것은 그분의 순절에 대한 예의가 아닐 것이다. 그 대나무마저 일본인들이 와서 베어버렸다는 것은 민영환 선생의 넋과 정신을 일본이 겁내고 있다고 해석해도 좋을 것 같다. 황 현이 지은 시를 감상해본다.

혈죽에 대한 명 [血竹銘]

황 현

충정을 남김없이 다 쏟은 뒤
몸을 던져 하늘로 돌아갔으니
하늘이 그 충성 기리는 것이
어쩌면 이리도 편파적인가
그 몸 죽여 떠나게 해서
이렇게 신령스러움 드러낼 거면
이 나라에 큰 복 내려

공을 아니 죽게 함이 낫지 않은가
공의 충정 만세에 길이 빛나고
사해와 온 누리에 전해지리라
아름다운 몇 줄기 대나무가
우리의 강토를 숙연케 했지
그 피 변해 흙 되었고
그 기상 맺혀 뿌리 되었네
그때의 원통과 울분
잎새마다 칼자국으로 남았네
이 땅의 수많은 남녀노소
공의 부활 와서 보지만
공의 모습은 볼 수 없고
오로지 대나무만 푸르르구나
을사오적들 이 얘기 듣는다면
날씨 춥지 않아도 벌벌 떨리라
사립 걸고 깊숙이 누우니
대나무 언제나 눈에 어른대누나

情量所窮(정량소궁) 乃歸於天(내귀어천)
天之獎忠(천지장충) 若是其偏(약시기편)
與其身後(여기신후) 標此靈異(표차영이)
曷若祚宋(갈약조송) 無俾公死(무비공사)
千秋萬歲(천추만세) 四海九州(사해구주)
娟娟數竿(연연수간) 肅我靑丘(숙아청구)
血化爲土(혈화위토) 氣結爲根(기결위근)

　오후에 전철을 타고 다시 인사동 조계사로 갔다. 공부를 하다 보니, 그의 집터와 동상이 조계사 부근에 있다는 것을 알아냈기 때문이다. 오늘도 여름 햇살이 험악하다. 조계사로 들어서는 순간, 작은 분수에서 뿜어져 나오는 물줄기와 연꽃에 마음이 푸근해진다. 절 마당에는 연꽃이 가득하다. 노란 미색, 연분홍색, 진분홍색 봉우리, 넙적하고 둥근 연잎이 마당을 꽉 메우고 있다. 도심 속에서 이런 자연을 대하니 힐

링이 되는 것 같다. 절 마당 오른편으로 '우정총국'의 옛 모습이 보인다. 그 뒤뜰 구석에 민영환 선생의 동상이 서 있다. 6각형 기단 위에 옛 관복차림의 동상이다. 기골이 장대한 장군의 모습은 아니다. 꼼꼼하고 세심할 것 같은 인상의 날씬한 얼굴을 갖고 있다.

'그래서, 민영환 선생은 고종의 특사로 러시아 니콜라이 2세 대관식에 다녀오기 위해 출정했던 204일의 대장정을 매일매일 일기로 기록했나?' 하는 생각을 해본다.

'성격이 소탈하고 대충대충 사는 사람들은 일기를 쓰면서 매일 매일을 묘사하지 않는다.'

그런 생각을 하며 조계사 경내에 있다는 설명만 믿고 그의 집터를 찾았으나, 쉽게 찾아지지 않았다. 경내를 구석구석 돌아보다가 주차장 관리인에게 물었더니, 조계사 정문 길가에 있다는 것이다.

그랬다. 오토바이며 버스, 택시들이 쌩쌩 달리고 있는 아스팔트 길 옆에 '민영환 집터'가 있었다. '전의감 터'와 '도화서 터'가 왼편으로 나란히 놓여있다. 전의감이라면, 궁궐에서 쓰는 약재와 의학 재료 등을 다루던 곳이다. 도화서라면 궁궐에서 필요로 하는 그림을 그리고 관장하던 곳이다. 창덕궁에서 그리 멀지 않는 곳이었다는 뜻이리라. 그만큼 민영환 선생은 궁궐과 밀접한 연관-궁의 영향력을 받는 사람이었다. 태생부터.

민겸호의 장남이었으나 민태호에게 입양되었다고 하는데, 그곳이 민태호의 집터였을 가능성이 크지 않을까하는 생각이다. 내일은 그가 남겼다는 '해천추범'을 구해서 읽어봐야겠다.

일주일 내내 민영환 선생에게 사로잡혀서 그를 공부하고 있다. 그의 기행문집 '해천추범海天秋帆'을 구하러 교보문고에 갔더니 품절이란 다. 구할 수 있는 것은 PDF파일로 읽을 수 있는 e-book뿐이다. 부푼 마음으로 당장 그것을 구입하여 읽어내려 갔다. 총 6개월 2일(204일) 동안 11개국을 여행했던 대장정을 기록한 기행 일기문이다. 민영환 선생이 문신文臣이었지만, 매일매일 일기를 쓸 정도면 세심하고 감수 성도 예민하고 꼼꼼한 성품이셨던가 보다. 그의 일기는 한문으로 기 록되었으나, 조재곤 교수(경원대)가 번역하여 책으로 내놓았다. 2007 년의 일이다. 그 동안 이 책을 찾는 이들이 없어서인지 더 이상 출간되 지 않은 채 품절되었다. PDF파일로라도 읽을 수 있어서 다행이다. 그 러나 오랜 시간 컴퓨터 앞에 앉아 있으니 전자파로 인해 눈이 너무 피 곤하다. 다시 검색을 해보니, 몇몇 도서관에 종이책이 비치되어 있다. 내일은 도서관에서 빌려 종이책으로 읽고 싶다.

하루도 빠지지 않고 일기를 써서 책으로 엮어놓은 민영환 선생 에게 갈채를 보내고 싶다는 생각을 해본 다. 그는 우리나라 최

초로 세계일주 여행자다. 번역본의 문장이 간촐하고 수려하다. 조재곤 교수의 문장이라고 해야 할 테지만, 원본(한문본)의 원작자는 민영환 선생이므로 그의 문장력에 방점을 두어야 한다. 책을 몇 페이지 읽어보고 나니, 민영환 선생의 글에 빠져들지 않을 수 없었고 그 책을 소장하고 싶다는 욕심이 생긴다.

1896년의 세계일주 기행문집, 지금부터 124년 전에 쓴 책이다. 일기를 쓴 것도 훌륭한 일인데, 그것을 책으로 묶어 놓은 것은 민영환 선생의 업적 중에 업적이 아닐까 하는 생각이다. 일찍이 신라시대 혜초의 '왕오천축국전'[3], 조선 중기 박지원의 '열하일기'[4], 1985년 유길준의 '서유견문록'[5]과 같은 기행문이 있었다. 그들이 여행 후 견문록을 남긴 것처럼 민영환 선생도 그랬다.

그는 1896년 4월 1일 고종의 특명전권공사로서 러시아를 방문하여 니콜라이 2세 대관식에 참석하고, 러시아로부터 여러 가지 도움을 요청하는 특명을 받았다. 러시아는 교묘히 회피했고 재정고문과 러시아 교관(군사고문) 몇 명만 파견해 주는 것으로 마무리 되었다. 일본 국채 상환금 300만 엔 차관 제공, 왕실 수비병 파견, 경비지원, 조선-러시아 간의 전신선 가설 등의 목적은 모두 실패로 돌아갔다.

그러나 민영환 사절단은 한 달 반(45일) 동안 러시아 상트페테르부르크에 머물면서 러시아의 문화와 발전 모습을 보게 된다. 책의 내용이 흥미롭다. 한권의 기행문집으로서의 문학적 가치도 높다는 생각이다.

2019. 7. 15.(월)

　마을버스를 타고 종로도서관에 가서, '해천추범'을 빌렸다. 책을 손에 넣으니 세계를 손에 넣은 것 같은 느낌이다. 120년 전이라는 시간도 손에 넣은 것 같다. 민영환 선생이 1896년에 러시아로 떠날 때는 윤치호[6], 김득련, 김도일, 손희영, 스테인 등과 함께 떠났었다. 그 일행 속에 끼어 함께 시간과 공간 여행을 떠나는 기분으로 책장을 넘기기 시작한다. 음력 날짜와 날씨까지 상세히 적어 넣은 일기문. 이렇게 쓰이어진 일기가 120년 후에 여행 작가인 내게 벅찬 감동으로 읽혀질 것을 민영환 선생은 짐작이나 했을까? 민영환 선생의 이 기행문집과 나의 인연은 밤새 책을 손에서 놓지 못하게 할 것 같다. 225쪽까지 읽는 데 이틀도 걸리지 않을 것 같다.

2019. 7. 16.(화)

　민영환 사절단은 제물포에서 상해로 이동하여 상해에서 러시아로 가는 배를 타려했다. 배 시간을 놓쳐 일본을 거쳐 캐나다 미국, 영국, 아일랜드, 독일, 폴란드를 지나 러시아로 가기로 행로를 바꾼다. 돌아올 때는 시베리아 횡단열차를 타고 귀국하며 러시아를 배운다. 그의 기행 일기문 '해천추범'은 "넓은 세상을 향해 나아가다"는 뜻을 담고 있다. 조선이라는 울타리 안에서 도포와 갓을 쓰고 지내던 민영환 선생이 서양의 11개국을 둘러보면서 경이로움과 조선을 생각하는 공직자로서 조급함이 생겼을 것 같다.

　민영환 사절단이 러시아로 떠날 때는 명성황후 시해사건과 아관파천이 있은 후였다. 니콜라이 2세 대관식에 참석해 달라는 러시아의 초청장에 응한 화답이기도 했다. 외교와 사교는 크게 다르지 않을지도 모른다는 생각을 잠시 해본다.

오늘도 어제에 이어 하루 종일 '해천추범'을 읽었다. 그가 쓴 일기를 보면, 영국의 풍경을 대단히 극찬하고 있다. 이동하느라 충분히 구경을 하지 못하는 것을 아쉬워하고 있지만, 그의 풍경묘사와 표현력은 대단하다. 찬찬하게 풍경을 자세히 그려내고 있었고, 들르는 나라마다 교육과 정치 이야기, 군사, 농업 기술, 인구까지 서술하면서 공직자다운 시각으로 기행문을 쓰고 있다. 그는 작가처럼 묘사력이 대단하다. 서양의 발전된 모습에 놀라움과 경이감을 감추지 못한다. 민영환 선생이 이렇게 우리나라 고급 관료로서 최초로 세계 일주를 했던 식견으로, 우리나라의 선진화를 위해서 평생을 힘쓰셨으면 좋았을 것 같다는 아쉬운 마음이 든다.

55쪽 표현,
"모든 시설이 런던에 떨어지지 않은데 조금 순박하고 옛 풍치가 있다. 지나는 마을과 들에 밀이 익어가고 나물 꽃이 밭에 가득하다. 절기의 물건과 바람과 빛이 고향 동산을 떠올리게 한다"

독일 마을을 지나면서 민영환 선생이 기록한 기행 일기문이다. 하나의 문학 작품 같다는 생각이 든다. 폴란드를 거쳐 러시아에 도착하여 니콜라이 2세의 대관식에 참석하는데, 대관식의 화려함과 대관식의 경위를 소상하게 묘사하는 표현력이 놀랍다.

민영환 사절단은 대관식이 끝난 후에도, 그들은 상트페테르부르크에서 45일간 체류한다. 외부대신 로바노프와의 협상이 완결되지 않았기 때문이었다. 그들은 바르샤바에서와 마찬가지로 그곳에서 백야현상을 목격한다. 러시아의 임업과 농업, 군사제도를 살펴보며 크게 감동한다. 러시아 교도소, 천문관, 의료시설, 박물관, 도서관, 미술관 등…. 특히 민영환 선생은 백성들이 배불리 먹을 수 있도록 농사기술에 대해 관심을 가진다. 러시아의 수차水車 사용을 부러워한다. 9만5천 루블 어치의 농기계를 구입한 것을 보면, 조선의 농업 기술혁신을 꿈꾸는 관료의 마음이 깊음을 알 수 있다. 국가 방위를 위해 병영-군사제도, 러시아의 징병제, 병역의무 등 양병 방식과 러시아의 군함에 막대한 관심을 기울였다. 두 차례 병조 판서를 지낸 왕실의 중심 관료로서 갖는 관심이었을 것이다.

귀국 후, 다시 군부대신에 임명되어 근대적 군대양성에 주력한다. 러시아에서 파견해준 교관의 도움을 받으며 조선군의 막강한 군사력을 갖길 기대했다.

그러나 이듬해 1897년 3월 1일 영국 빅토리아 여왕 즉위 60년 축하식에 참석하러 다시 유럽에 가게 된다. 1896년 10월 20일에 러시아에서 귀국했으니 5개월 만에 다시 외국 출장이다. 런던에서 40여 일간 체류하면서 영국을 둘러보게 된다. 그리고 여행기 '사구속초使歐續草'를 또 펴낸다. 그런 것으로 보면 민영환 선생은 고종의 명으로 해외여행을 두 차례나 하게 되고 그 때마다 여행답사기를 남기니 여행 작가[7]였다고 말할 수 있을 것이다.

민영환 선생은 1899년 6월 육군을 통솔하는 황제 직속 최고 군령기구 '원수부'를 설치하게 된다.[8] 오래도록 원수부의 회계국총장을 역임한다. 군악대 창설과 국가國歌 제정, 장충단 표석을 지정, 유민원[9]을 설립하여 총재가 된다. 그러나 카츠라-테프트 밀약[10], 제2차 영일동맹[11], 포츠머스조약[12]등을 통해 일본이 한국의 지배권을 공인받게 되면서 민영환은 시종무관장으로 좌천된다.[13] 친일 각료와 일제로부터 배척을 받게 되고, 을사오적이 을사늑약에 서명함으로써 조선의 외교권은 일본에게 넘어가게 된다. 열강끼리의 이해타산 속에서 나라의 운명이 나락으로 떨어지는 것을 막아내지 못한 민영환 선생. 일본의 강세에 밀려나 투옥까지 당해야 했던 왕실의 핵심 외척은 그렇게 배척되었다. 이를 분개한 민영환 선생은 자결을 선택했다.

'끝까지 살아남아서 고종의 오른팔이 되어주었더라면 좋았을 것을'

'적극적으로 뭔가를 행동으로 옮기지 않고 자결을 선택했던 민영환 선생, 총 한방 쏘아보지 않고…' 아쉬운 마음뿐이다. 그러나 단원고 교감의 자결에 대해 만감이 교차하듯이, 우리들은 민영환 선생의 자결에 대해 많은 생각을 하게 된다. 오히려 양심과 자존심을 지킨 의로운 죽음이라고 그를 기릴 것이다. 그는 건국훈장 대한민국장에 추서되었다.

2019. 7. 18.(목)

그에겐 '충정공'이란 시호가 내려졌다. 2호선과 5호선 전철이 교차하는 충정로역을 지날 때에도, 서대문에서 아현동으로 가는 길에 충정로 거리를 지날 때에도 민영환 선생의 시호를 따서 붙여진 거리라는 것을 모르고 지나치곤 했다.

"이제 기억하겠습니다."

1) 이회영, 김은식 저, 봄나무出, 2010
2) 해천추범, 조재곤, 책과 함께 P213쪽
3) 신라의 승려 혜초가 고대 인도의 5천축국을 답사하고 쓴 여행기(727년) 1권 1책
4) 조선 정종 때, 박지원이 청나라를 다녀온 연행일기. 26권 10책
5) 1895년 유길준이 유럽을 순방하면서 보고 느낀 것을 기록한 국한문혼용체 기행문집
6) 일본과 미국 유학을 통해 외국어 구사에 능하여 민영환 선생의 수행원으로 가게 됨
   윤치호도 다녀와서 '윤치호 일기'를 영어로 남김
7) 왕오천축국전의 혜초, 열하일기의 박지원, 서유견문록의 유길준도 모두 여행작가였다.
8) 해천추범, 조재곤, 책과 함께 P213쪽
9) 해외이민 담당기관
10) 1905년 7월 29일 일본과 미국의 조약, 일본은 조선을 미국은 필리핀을 지배하겠다는
    밀약.
11) 1905년 8월 12일 영국과 일본의 조약, 영국이 일본에게 조선의 지배권을 인정한다는
    조약
12) 1905년 9월 5일 러시아는 일본에게 조선의 지배권을 인정한다는 강화조약
13) 해천추범, 조재곤, 책과 함께 P214쪽

참고문헌 : 〈해천추범〉 민영환 저, 조재곤역, 책과 함께出, 2007
          〈환구금초〉 김득련의 한시집
          〈이회영〉, 김은식 저, 봄나무出, 2010
          〈민영환과 윤치호, 러시아에 가다〉 윤경남 저, 신앙과 지성사

작은 불씨 하나
─조천만세운동

95년 전, 거의 1세기 전의 일을 들추고 캐내는 것에 마음의 카메라 렌즈를 맞춰 본다. 철 지난 영화를 보듯이 이미 끝나버린 스크린에서 눈을 떼지 못하는 안타까운 몸부림이다.

　제주시 조천리 항일기념관을 찾았다가, 95년 전 조천리에서 일어난 일에서 마음의 동공을 뗄 수가 없었다.
　아우내 장터 이야기의 주인공은 17세의 소녀 유관순이었다. 이곳 조천리 미밋동산의 항일 독립운동의 불씨를 갖고 온 것도 소년 김장환 이었다. 당시 휘문고등보통학교 4학년 학생. 그는 서울에서 3·1 운동에 가담했다가 일본 경찰에게 쫓기게 되자 3월 16일 고향으로 귀환한다. 그리고 바로 숙부 김시범(金時範, 1890~1948)을 찾아가 3·1 운동 상황을 전한다. 김시범은 친족인 김시은(金時殷 957)등과 논의하여 3월 21일을 거사日事일로 정한다. 그날은 제주 유림들 사이에 명망이 높았던 김시우(1875~1918)의 소상일이었다.

　여기서 한 가지에 촛점이 모아진다. 고등학생 어린 조카가 들고 내려온 독립선언서 한 장이 제주도 조천만세 운동의 불을 붙였다는 사실이다.
　작은 불씨 하나, 종이 한 장(독립선언서)이 제주도의 독립운동을 확산시킨 일에 대해서 간과할 수 없는 일이다. 작은 불씨 하나가 번져 제주도에 독립운동의 큰 불을 일으킨 영향력.
　물론, 구한말 의병장이었던 최익현이 제주에 유배를 왔었고, 그에게 큰 영향을 받은 김시우의 기일을 거사일로 정해 군중을 모으기에 제

조천항일기념관

주인들은 충분히 울분에 차있었다. 김시범이 주동이 되어 14명의 동지를 규합하였으며, 그 중 김필권은 더 많은 이들의 참여를 위해 창호지에 혈서로 쓴 "대한 독립 만세!"를 들고 만세를 불렀고, 5~6백 명이 합세하여 독립운동의 불이 붙었던 것이다.

미밋동산에 태극기를 꽂은 시위대를 또 주목해 보자. 주모자 김시범이 독립선언서를 낭독하고, 어린 김장환의 선창에 맞춰 어른들이 독립만세를 외쳤다.

"대한 독립 만세!"

제주민들은 나이가 어릴지라도 옳은 것을 말하는 학생의 선창을 따라하는 태도를 가지고 있지 않은가? 어린 것이 무엇을 알겠느냐고 무시하는 태도가 아니었다. 이 사실이 놀랍게 여겨진다.

그대 얼굴은 빛바랜 하얀 광목 아닐지라도
놈 얼굴 한 대 후려치듯
놈 얼굴 복판에 태극문양 덧대어 박아
4괘 그려 넣고
파고다 공원, 아우내 장터 함성 담았구나.

4부

독립운동가를 찾아 떠나는 여행이야기

김포의 유사遺史

조선 선조 때, 한 소년이 고개를 넘어 공부를 하러 다녔다. 매일 고개에서 여우가 미녀로 둔갑하여 소년을 유혹했다. 글방 선생께 아뢰니, 그 미녀의 입 안에 있는 구슬을 빼앗아 삼키면 장성해서 크게 대성할 것이라고 일러주었다. 소년은 훈장 선생이 가르쳐 준 대로 했고, 미녀는 여우로 변하여 울면서 달아났다는 이야기가 전해오고 있다. 김포 감정동 여우재 고개에 얽힌 전설이다. 그 소년이 어떤 방법으로 미녀의 입안에 든 구슬을 빼내었는지는 전해지질 않는다. 힘으로 입을 벌리게 하여 구슬을 빼앗았는지, 부드러운 키스로 미녀의 구슬을 소년의 입으로 옮겨 갔는지는 알 수 없다. 후손들의 상상력을 위해서 남겨 준 선물이라고 해두자. 그 소년이 임진왜란 때 의병을 일으켜 금산전투에서 순절하여 임진왜란 4충신의 한 분으로 뽑히는 중봉 조헌이라는 것도.

여우재를 지나 버스로 서울로 향하는 길이었다. 또 하나의 보물이 눈에 들어왔다.

김포 독립기념관에서

　[김포독립운동기념관] 이라는 이정표가 그것이다. '김포에도 독립
기념관이 있다고?' 강화도에 가느라 수 십 년 동안 김포를 지나다녔
어도 보지 못했는데…. 의아한 마음에 이정표를 따라 가보았으나, 굳
게 입을 다문 바위처럼 문이 닫혀있었다. 저녁 6시, 폐관 시간이 넘었
기 때문이었다.

　인터넷을 열어 보니, 2013년 3월 1일에 개관을 했다고 컴퓨터는 말
해주고 있다. 김포는 예부터 평야가 발달된 곳이니, 이곳을 일제가 착
취하지 않았을 리 없고 농민들이 독립운동을 했을 것은 당연한 일일
것이라는 짐작 앞에서 마음이 먹먹해 왔다. 당연한 방정식을 보는 것
같은 느낌으로 자세히 검색을 해보았다.

　그리고, 3일 뒤 인터넷 주소만 갖고 길을 나섰다. 가끔씩 서울이 싫
어질 때마다 찾아갔던 김포. 그곳은 내게 낯선 타지가 아니다. 푸근한
친정 같은 느낌을 주는 곳이다. 할머니 산소가 거기에 있기 때문이다.

그래서인지 그곳에서 어떤 독립운동이 일어났는지 직접 가서 봐야한다는 의욕이 나를 재촉했다.

몇 년 전까지만 해도 김포로 가는 길은 푸른 논밭이 길 양옆으로 뻗어 있었다. 농촌 들판을 보고 오면 마음이 푸근해지곤 했던 기억. 네비게이션이 잘못 인도했는지 올림픽대로를 지나 김포가도를 달려도 김포평야는 보이지 않고, 잘 뚫린 도로에 아파트들뿐이다. 아파트 숲 너머 어딘가엔 논밭이 꼭꼭 숨어있을지도 모른다는 위로를 하며 기념관을 찾아 달렸다. 기념관은 양촌읍 양곡리 휴먼시아 7단지 안에 있었다. 고다니 마을이라고 했다.

物我相通, 내가 정성을 들이면 상대를 알 수 있고, 상대방이 감동한다. 그것은 물物과 내我가 서로 공동된 이치를 갖추고 있기 때문이라고 한다. 이처럼 만물이 하나의 이치를 갖고 있고, 이 하나의 이치가 태극이다. 그 말을 하고 싶어서인지, 기념관 앞에는 태극기가 커다란 타일로 붙어있었다. 사선 아래 부분은 생략한 채. 생략된 부분은 관람객들이 와서 손으로 받쳐주고 후손들이 떠받쳐야한다고 말하고 있는 것처럼 보였다.

그리고, 김포출신의 항일 의병들에 관한 설명을 읽어보니, 김포는 일제 식민 체제 아래 끊임없는 저항의 역사를 갖고 있다는 것을 알 수 있었다. 일본이 강압적으로 조선의 군대를 해산하자 그들은 전국으로 흩어져 독립군과 광복군에 가담하여 무장항쟁을 계속하게 된다. 1907

년 8월 군대해산은 김포, 통진, 고양, 교하, 풍덕, 부평 지역에 영향을 미쳐 의병 운동의 불길이 일기 시작한다. 그 의병들 중에 김포 출신의 의병은 강상봉, 김경운, 신관수, 조금봉, 이종근, 유명규 등이다.

이러한 저항 의지의 저력을 갖고 있던 김포였다. 일제는 기름진 김포평야를 가만히 놓아둘 리 없었을 것이다. 토지조사사업과 산림정책 시행으로 도지권과 영소작권 등의 권리를 모두 박탈당한 김포 농민들의 분노도 높아만 갔으리라. 토지를 상실하고 일본지주회사 농업 경영 진출에 따라 생존권이 위협당하던 농민들. 생존권을 지키기 위한 만세운동은 소작쟁의, 일본인 지주와 식민체제에 대한 끊임없는 저항으로 이어져 나갔던 것이다.

김포는 예부터 한강을 끼고 있는 비옥한 평야로 유명한 곳이다. 삼국시대에도 고구려 백제 신라가 서로 한강유역을 차지하려고 싸움이 빈번했다. 고구려가 한강 유역을 차지했던 때, 백제계 지명이었던 검포현黔浦縣을 경덕왕이 김포현金浦縣으로 이름을 고쳤다고 삼국사기에 전한다.

고려 말 때 지금의 양천 공암나루 근처에 의좋은 형제가 살았다. 우연히 나루터에서 금 두 덩어리를 얻어 하나씩 형제가 나눠 갖는다. 손들과 함께 나룻배를 타고 가다가 아우가 금덩어리를 슬그머니 물속에 던져 버린다. "형님, 우리가 비록 가난하지만 열심히 일하고 우애 있게 지냈습니다. 이 금덩이로 인해 게을러질 뿐 아니라 더 큰 욕심으로 나쁜 마음이 일어나고 형제의 의가 갈라지고 말 것이 아닙니까? 그래서 금덩이가 싫어지고 무서워서 물에 던졌습니다." 이에 형이 "네 말이 옳다."라고 하면서 형도 금덩이를 던져버린다. 나룻배에 탔던 사람들이 이것을 보고 형제의 우의에 감탄하여 이곳을 투금포投金浦라고 부르게 되었다고 한국 민속 문화 대백과 사전은 말하고 있다. 황금을 마다하고 스스로 물에 던졌던 아름다운 김포의 형제 이야기가 전해지는 곳이다. "금을 던진 곳이라 하여, 쇠금자의 金을 김으로 고쳐 부른다"고 김포의 지명에 대한 유래를 말하는 사람도 있다. 어떤 연유로 김포로 불려 졌는지는 중요하지 않을 것이다. 금덩이를 버려도 열심히 농사를 지으면 먹고 살 걱정이 없을 정도로 김포평야는 땅 속에서 금덩이를 농민들에게 안겨줄 정도의 비옥한 땅이라는 것이다. 이런 기름진 옥토, 생명의 젖줄인 금싸라기 땅을 일제에 빼앗긴 그 시대 농부들에 대해서 우리는 생각해야 한다.

김포에서 독립운동이 농민들을 중심으로 다양한 계층이 참여하여 민족해방운동으로 여기저기서 빈번하게 일어났다.

1919년 3월 23일 양촌면 오라리 장터에서 오후 2시와 4시에 각각 주모자와 추종자들이 다른 만세 운동이 있었다. 3월 27일에는 월곶면 군하리 장터에서도 만세운동이 있었다. 고촌면에서는 24일, 25일 양일간 만세운동이 있었다. 김포 읍내에서 24일에 130여명이 만세운동에 참여했었고, 26일에는 감정리, 27일에는 하성면에서 독립 만세 시위가 벌어졌다.

이 중에서 오라리 장터에서 일어났던 3월 23일 2시 만세 운동에 대해 주목해 보자. 양촌면 누산리 출신의 박충서(당시 22세, 경성 제1고보-현 경기고)학생이 운동을 주도했다는 것을 기억해야 한다. 요즘의 우리 고등학생들을 생각해 보자. 나이키와 같은 외제 운동화만 신으려하고 외제 상표의 옷을 입지 않으면 친구들에게 왕따를 당한다고 믿는다. 고교생들도 손마다 코카콜라와 스타벅스 등 외국 브랜드 커피를 들고 다니는 것이 유행이다. 그런데, 박충서는 남대문 역전(현 서울역)과 종로, 덕수궁, 대한문, 각국 영사관 앞에서 재차 만세 시위에 참여한다. 일경日警은 그의 부친 박승혁(당시 향리 훈장)을 강압적으로 협박하여 아들 박충서를 저지하게 한다. 부친의 만류로 양촌면 누산리로 귀향한 박충서는 고향 김포 양촌면에서 만세 운동을 계획한다. 3월 19일 친척집 안성환(당시 32세) 다락방에서 친척 박승각(당시 23세), 박승만(당시 24세) 전태순(당시 24세) 등 5명이 장날에 독립 만세 시위운동을 벌이기로 협의하고 격문과 경고문을 양촌면 주민들에게 배포하게 한다. 이미 일본에 대한 불만에 쌓여있던 주민들 수백 명이 모여들었고 박충서는 품에 감추고 있던 태극기를 휘날리며 만세 운동을 주도한다. 22세의 고등학생의 어린 청년은 주모자로 6명과 체포되어 2년간 옥고를 치른 뒤 귀향했으나, 일본의 감시를 피해 강원도를 피신해 다니다가 사망한다. 사인死因은 옥중에서 얻은 폐결핵이었고, 37세의 꽃나이였다.

　오라리 장터에서 같은 날, 4시에 일어난 시위에 대해서도 살펴보자. 4시 시위는 정인섭(당시 36세), 임철모(당시 37세), 이효원에 의해서 주도되어 일어난다. 정인섭은 22일에 무명천에 먹으로 쓴 "독립만세" 한글 깃발을 만들어 두었다가 300여 명의 시위대를 주도했다. 임철모는 태극기를 휘두르며 만세운동을 하다가 체포, 옥고를 치르면서도 다른 수인囚人들을 규합하여 감옥에서 독립만세를 외치다가 고문 끝에 5월 10일, 서대문형무소에서 순국한다. 37세의 나이였다. 이 소식을 5월 16일에 듣고 대곶면 초원지리 선영까지 운구하는데 3일이 걸렸으며 조문객들이 줄을 이었다고 한다. 정인섭 지사는 함흥형무소에서 만기 출소하였으나 고문 후유증으로 정신이상을 보이고, 1944년 7월 22일 사망한다. 오라리 장터 시위의 주모자들이 체포되자 해산했던 시위 군중이 주재소를 포위하고 습격하며 2,000여 명의 주민이 대규모 시위로 발전했다.

이화학당 유관순 열사를 우리는 3·1 독립운동가로 기억한다. 1919년 3월 22일, 월곶면 군하리 장터 만세 운동에서 만세 시위의 주모자 중에 한 사람이었던 이살눔(본명 이경덕)도 이화학당 학생이었다. 이살눔은 선언서 수십 장을 속옷에 감추고 고향 대곶면에 돌아와서 각 면마다 유지인사들에게 비밀리에 배포하고 시위를 주도한 어린 여학생이다. 이 시위 때 참여했던 임용우는 시위 후에 부천군 덕적면 진리로 피신한다. 자신이 재직하고 있던 명덕 학교의 운동회에 모인 면민과 학생 전원 앞에서 독립선언식을 거행하여 체포, 서대문형무소에서 옥고를 치르던 중 일제의 고문을 못 이겨 옥중에서 순국한다.

김포에서 일어났던 만세 운동은, 경기 화성시 향남면 제암리에서 일어난 것만큼 널리 알려지진 않은 것 같다. 스코필드 선교사가 낸 책을 통해서 제암리 시위운동이 세계에 알려진 것에 비해서 말이다. 그러나 같은 경기권에서 대대적으로 끊임없이 일어났던 농민들의 생존권 쟁취를 위한 독립만세 운동이라는 점에서는 제암리의 독립운동과 그 맥이 닿아있다. 제주 해녀들의 독립운동도 생존 기본권을 찾으려는 운동이었다는 면에서는 일치한다. 생존권을 빼앗긴 약한 이들의 봉기蜂起. 이상화 시인이 그 당시에 읊었던 "빼앗긴 들에도 봄은 오는가"라는 시가 생각나는 시간이다.

한강을 끼고 있는 넓고 평화로운 땅, 김포. 비옥한 금싸라기 김포를 지키려 몸부림치다가 피 흘리고 심장을 태운 선열들 앞에 마음을 모아 꽃 한 바구니 올리고 싶다.

김포에 가서 그들이 지켜낸 논밭을 보고 싶다. 맨발로 흙을 밟으며 흙을 느껴도 보고….

고양시 김찬 의사義士
―― 동명이인同名異人으로 사회주의 독립운동가로 오해받은

　여름방학이 시작되었다. 불볕 무더위가 기승이다. 손꼽아 기다리던 방학을 하자마자 학생들 20여명은 '고양시 역사 탐방길'에 또 오른다.

　일행이 일산 지영동 산19번지를 찾았을 때는 보슬비가 내리고 있었다. 소똥냄새 풍기는 시골길을 걸었다. 옥수수며 애호박이 열려있는 밭을 지나 왼쪽으로 얕은 산길을 올랐다. '독립유공자 의사 김찬 공적비'라는 표지판이 서 있어서 찾기는 어렵지 않았다. 여러 기의 묘소가 모여 있었고, 맨 오른쪽 꼭대기에 김찬 의사의 묘소가 있었다. 여름 풀들이 억세게 나있어서 다리에 걸렸다. 맨다리를 하고 온 우리들의 살갗을 억센 풀들이 찔러대었다. 묘역으로 올라가려니 묘 앞에 '독립유공자 의사 김찬 공적비'라는 검은 색 비석이 또 서 있다. 비석에서 윤이 난다. 묘 앞에는 '국가보훈처현충시설'(관리번화 15-1-17)이라고 쓰이어진 낮은 비석이 땅에 하나 더 야트막하게 놓여 있다.

　이곳에 오기 전에 인터넷을 검색하던 중 사회주의 독립운동가 김찬

獨立有功者 義士 金燦 功績碑

독립유공자 김찬의사 공적비

과 구분되는 동명이인 同名異人의 순수 독립 운동가가 있다고 하더니, 제대로 찾아온 모양이다. 그 시대 우리나라에 민주주위와 사회주의라는 양대 이데올로기로 갈라지기 전에 우리 민족의 큰 수

국가보훈처지정현충시설

난은 일제 식민지로부터 조국을 구하는 일이었을 것이다. 독립운동가들의 의식이 사회주의에 치우쳤다고 우리는 그들의 독립 공적을 공공연히 인정해주지 않고 있는 것이 엄연한 사실이다. 독립을 쟁취하는 데 목숨을 바쳤더라도 그의 성향의 단 1%라도 사회주의 노선을 갖고 있었다면 말이다.

지난 7월 22일에 보슬비를 맞으며 학생들을 인솔하여 찾아갔던 '독립운동가 김찬 의사'는 국가보훈처에서 여러 조사를 거쳐 그의 독립운동의 공적을 인정하고 있다는 증거가 아닐까 생각해 본다. 그의 묘역을 알리는 '표지판', '공적비', '국가보훈처현충시설물'까지 두루 갖추고 있는 것을 보면 말이다.

그가 독립 운동을 위해서 겪었을 여러 고초들에 비하면 이런 보상은 아무것도 아닐는지도 모른다. 어느 독립유공자의 후손은 다달이 국가에서 나오는 포상금 '15만원'으로 가난 속에서 매우 어렵게 지내고 있다는 신문 기사를 읽은 적이 있다. 후손들도 나름대로 생계를 위해서 일을 해야 할 것이고, 독립운동에 헌신한 독립운동가들을 발굴하여 그만큼 충분한 보상도 후손들에게나마 해주는 것이 도리가 아닐까 하는 생각을 잠깐 해 본다. 국가 행정에도 어려움이 많을 것이다. 그래도, 안타깝게 살아가는 독립유공자들의 후손을 우리도 외면할 수만은 없다는 생각이다. 한 집에 가장이 독립운동을 하느라 집을 나가 저 멀리 만주와 상해, 충칭, 중국으로 나라를 위해 고군분투孤軍奮鬪하느라 가정을 돌보지 못했음은 당연한 일이었으리라. 일제 강점기 때, 일본앞잡이들은 일본이 주는 은사금으로 호사를 누리며 공부도 하고 고급 직장에서 생계를 이어갔을 수도 있다. 독립유공자들의 자녀들은 학교에도 다니지 못하여 배움도 짧고, 그들이 사회에서 직장을 잡을 곳은 어느 곳에도 없었을 것이다. 윤봉길 의사의 아들만 해도 그 시대 소학교를 다니다가 학교에서 쫓겨났다는 기록이 있다. 독립운동가의 아들이라는 이유 하나였다. 윤봉길의 둘째 아들은 생후 2개월 만에 젖을 먹지 못하여 죽었다. 독립운동을 하다가 처형된 윤봉길의 집에 먹을 것(떡 한 덩어리라도)을 갖다 주다가 걸리면, 일제가 그 온정도 가만히 놓아두지 않았다고 한다. 해서 먹지 못했던 윤봉길의 아내는 젖이 돌지 않았고, 젖동냥도 할 수 없는 상태에서 둘째 아들은 굶어 죽었다. 영양실조였다.

바로 이것이 그 당시 독립운동가들의 현실이었다. 먹지도 배우지도 못했으니 가난과 굶주림은 대물림되고, 시대가 바뀌고 그들 선대의 혁혁한 독립운동으로 독립을 찾아 이렇게 편안하고 푹신한 시대에 살고 있지만, 그들의 후손들은 굶주리고 있지 않은지?

일산은 호수공원을 중심으로 아파트가 밀집해 있는 거대한 신도시가 되었다. 웬만한 서울 변두리보다 살기에 더 좋은 주거 밀집 지역이다. 대형 쇼핑센터와 음식점, 극장 등의 편의시설이 고급스럽다. 그런데, 일산 동구 지영동 끄트머리 산자락에 독립을 위해서 목숨을 바쳤던 독립유공자가 잠들어 있다는 것을 기억해 주는 이들이 몇이나 될까? 일산 지역 근처 라페스타거리는 밤낮으로 번쩍인다. 현란한 조명과 상품과 먹거리 속에서 젊은이들은 그들의 시간과 생명을 만끽한다. 딸깍딸각 시계 초침이 흘러간다. 누구에게나 자신의 시간과 생명은 소중할 것이다. 그러나 일제 강점기 때, 일본 앞잡이로 나서지 않은 대부분의 사람들은 독립을 위해 몸부림을 쳤고, 그 중에 특별히 목숨의 사선을 넘어가며 독립운동에 전 생애를 바친 이들도 있었다. 그 중에 한 사람이 일산 동구 지영동 19번지에 묻혀계신 김찬 의사義士이다. 그래도, 그분은 복이 많은 분이라는 생각이 든다. 고양시 독립운동가들을 공부해보니 공적은 지대한데 그들의 무덤을 찾을 수 없는 분도 몇 분이나 되셨다. 도서관 재료를 들고 헤매고 헤매어 찾아가 물어보면, "이 공원묘지에는 그런 분이 안 계십니다"라는 답변을 듣기가 일쑤였다. 독립운동가의 행적의 마침표가 그의 무덤일 것이라고 여기고, 그곳이라도 찾아가 묵념이라도 올리고 싶다고 여겼던 마음은 허공에 부서지곤 한다. 생각해 보면, 유관순 열사의 무덤도 존재하질 않는다. 망우리 어딘가에 묻었다는 기록만 있을 뿐, 한국전쟁 때 포격에 사라졌는지, 심한 홍수에 떠내려갔는지 그녀의 묘지도 비석 하나 찾아볼 길이 없다. 그러나, 우리들은 안다. 그들의 묘지를 이 땅에서 지번地番으로는 찾을 수 없어도 우리들 가슴 속에 선명하게 자리 잡고 있다는 것을. 그들이 나라를 되찾기 위해 몸부림쳤던 처절한 아픔-고문과 살 베임과 피와 희생을 우리 후손들의 가슴은 결코 잊지 못하고 있다는 것을. 우리는 머리가 아닌, 가슴과 마음으로 그들을 안고 있다는 것을. 고마워하고 미안해하고 있다는 것을. 그들이 지켜준 우리 조국을 우리들도 잘 지키고 아낄 것이라는 것도 그들은 하늘나라에서 알고 있을 것이다.

고양시에 잠들어 계신 김찬 의사義士는 제1차 공산당 사건의 김찬이 아님을 우리는 기억하자. 제1, 2차 공산당 사건에 관여하고 조선공산당 만주총국을 건설한 김찬이 아니다. 국내 자료는 두 사람을 혼동한 경우가 많은데 두 사람은 동명이인이다. 또 한 명의 김찬(김형선)은 마산공산당을 창립하고 해방 후 남로당 의장단까지 지낸 인물로 여성 독립운동 · 공산주의자 김명시의 오빠다. 그 김찬(김형선)과 고양시 김찬 의사義士는 서로 다른 사람이다.

고양시 김찬 의사義士는 1977년에 국가로부터 건국훈장 독립장에 추서된다. 건국훈장이라면 유관순 열사에게 주어졌던 추서였다. 김찬 의사도 그것을 받았다. 그의 공로가 얼마나 대단했는지 궁금해지지 않을 수 없다. 그의 묘역을 둘러보고 와서 그에 대해 공부하기 시작했다. 그에 관한 기념관이 있는 것도 아니고, 그를 연구해 놓은 관련 서적이 많은 것도 아니다. 황무지를 맨손으로 파헤치는 기분으로 공부를 시작했다. 고양시에 관련 자료를 요청하기도 하고, 도서관을 뒤져보기도 했다.김찬 의사에 대한 기록이 그리 많지 않은 것이 안타까운 일이다.

서대문 공원 1

우연이었을까? 독립공원, 서대문형무소 바로 옆에 있는 아파트로 이사를 온 것이 24년 전 일이다.

공원을 산책할 때마다, 오른편에 턱하니 버티고 있던 오래된 붉은 벽돌에 허연 회칠이 되어 있는 건물 여러 채가 눈에 들어오곤 했다. 독립공원과 서대문형무소는 제법 넓은 부지를 차지하고 있었다.

바쁘게 생활하다가 공원에 산책을 나갈 때마다, 계절이 바뀌어 있을 때도 있지만, 언제나 붉은 벽돌은 굳게 다문 입술로 그 때를 웅변하는 것 같다. 일제시대 때 독립운동을 하던 사람들을 가두어 놓고 온갖 고문과 사형을 집행하던 곳이었다. 내 아이들이 초등학생이었을 때 탐방했던 기억이 있다. 아이들 역사 공부 시키러 갔었을 것이다. 그 날 애들 일기쓰기를 지도하면서 유관순 열사에 대해서만 참으로 열심히 설명을 해주었던 기억이 있다. 봄이 스물세 번쯤 지났나 보다. 가끔씩 공원에 산책을 나가면 형무소 벽을 손으로 더듬으며 지나가곤 했다. 지금은 여옥사 감옥을 따로 복원했지만, 몇 년 전까지는 '유관순

굴'이라는 표지판과 함께 지하 굴처럼 생긴 굴이 있었다. 그 옆을 지날 때마다 느껴졌던 처절한 느낌.

내 부엌 씽크대에 서서 쌀을 씻을 때마다, 서대문형무소 붉은 벽돌이 보인다. 벽돌 안에 있을 유관순 열사의 '지하 굴'을 짐작하면서, 못내 마음이 아파오곤 했다. 아마도 대한민국 사람이라면 누구나 그렇게 느낄 것이다. 그건 당연한 귀결의 느낌표였다. 해서, 저절로 시가 지어지고 쓰지 않을 수 없는 복받치는 무엇이 있었다. 해서 시를 지었다.

　유관순 굴이 보이는 창가에서
　　　　　　　　　　姜 笑耳

　오래된 기다림은 배고픈 짐승이다

　열흘째 배앓이 하던
　힘 빠진 다리 끌고
　그녀 흔적 찾아 천안으로 간다
　천안에서 서울이 어디일까
　무엇이 잡아끌었을까
　열하고 예닐곱 소녀를
　아우내에서 황화 고을로

　독립문 내 창문 밖에
　서대문형무소 붉은 벽돌은
　그녀의 피발자국이다

가슴 섶에 감추고 있던 태극무늬
얼음 지하 감옥
캄캄한 칼날에 베일 때마다
지독하도록
쓰려 배고팠으리라

나 배고파 쌀 씻을 때마다
내 부엌 창밖으로
[그녀 창자 끊어지고 짓이겨진 곳] 내다보며
말갛게 씻은 쌀뜨물 걷어내고
군불 지펴 가마솥 뚜껑 무겁게 눌러
새로 지은 밥
그대에게 올리고 싶어라
            - 〈철모와 꽃양산〉 74쪽

　　유관순 배꽃에게 드리는 독백

　　　　　　　　　　姜 笑耳

　　당신이 다니던 학당에서
　　배달의 배꽃 되라 가르치더이다

　　학교 앞 줄 이은 옷 구경 마음 빼앗길 때
　　강의실, 학점 쫓아다닐 때
　　배꽃 당신을 기억도 못하고 지냈나이다

　　당신 손톱 밑에 대꼬챙이 넣고

자갈 소금 뿌려가며 살점 잘라냈던 일본 순사
시신 여섯 토막 내어 석유통에 구겨 넣었던
그때를 아는 어른들도 벚꽃 놀이에 맘 뺏기고
열일곱 철든 우리 아들딸들
이 땅에서
당신을 배꽃으로도 기억하지 못 하나이다

유관순 굴, 독립공원을 날마다 산책하던
나도 배꽃 당신을 기억하지 못했나이다

삼일절에만 열어보는 굳게 닫힌 서랍
날마다 기억 못하는 기억 없음을
당신 앞에 순장하나이다

당신 앞에 나를 순장하나이다

- 〈철모와 꽃양산〉77쪽

　몇 년 전 천안에 있는 유관순 기념관에 다녀 온 적이 있다. 아우내 장터도 둘러보고 유관순 생가도 관람을 했었다. 유관순 누나, 아니 유관순 열사는 이화학당 학생시절 3·1 독립운동을 하다가 이곳 서대문형무소에서 순국했다. 17세의 소녀, 유관순 열사.

　요즘 17세 어린 소녀들은 손톱마다 다른 색 메뉴큐어를 칠하고 짧은 치마를 입고 한껏 멋을 내는 이들이 대부분이다. 화장도 제법 곱게 하고 홍대 앞이나 명동 거리를 활보하며 그들은 한껏 젊음을 뽐내기도 한다. 유관순 열사의 삶과 사뭇 다르지 않은가?

어느 날 저녁이었던 것 같다. 답답한 마음에 공원에 산책을 나갔었다. 순국선열추념탑 앞을 지나다가 그 앞에서 버젓이 담배를 태우는 여고생들을 본 적이 있다. 그것을 보며 가슴이 콱 막히는 느낌이 들었다.

일본 순사들은 유관순 열사의 손톱에 메니큐어 대신, 대나무 얇은 칼을 손톱 밑에 넣어 고문을 했었다. 머리채 잡고 여기 저기 후려치는 것은 보통이었을 것이다. 그들이 어떤 고문을 했었을지는 상상이 되고도 남는다. 그들은 유관순 열사의 성정이 몹시 지독하다하여 지하에 있는 유관순 굴에 가두어 놓고 결국은 굶겨 죽였다고 한다. 어떤 기록에는 사인死因이 장파열이라고 되어있다. 그 사실을 안 이화학당 교장이 시체라도 양도해 줄 것을 요구했고, 응하지 않는 일본을 세계 언론에 알리겠다는 압력을 가했다. 그때야 시체를 양도해 주었지만, 일본은 결코 시신을 곱게 내주지 않았다. 시체를 여섯 토막 내어 석유통에 담아 주었다.

유관순 열사는 그렇게 서대문형무소를 떠났다. 유관순 열사가 갇혀 있던 8호 감방을.

서대문 공원 2

올해도 어김없이 서대문형무소에도 봄은 또 왔다. 푸근한 봄볕과 함께 말이다. 공원을 산책하다 보면, 사형장 앞에 미루나무 하나가 우뚝 서 있는 게 보인다. 다른 나무들은 예사로운 나무 기둥 색을 하고 있다. 자연스럽게. 그러나 '통곡의 미루나무' 라고 불리는 그 나무는 나무 기둥이 검다. 단두대에 끌려들어가는 이들이 사형장 안으로 들어가기 전에, 사형장 앞 미루나무를 붙잡고 통곡을 하고 들어가곤 했다고 전해진다. 그래서인지, 그 때 선열들의 손때가 묻어서인지, 한이 서려 있어서인지 나무 기둥이 검은 색이다. 시상들이 떠오른다. 나라를 사랑한 죄밖에 없는 죄인들의 지문 자국이 덕지덕지 묻어있는 미루나무. 통곡.

독립공원 비둘기

姜 笑耳

비둘기가 없다
모이 찾아 날아들던 독립공원에

이곳에서 마음 사르고
눈 내리는 매서운 시대를 살랐던
빛 부신 영혼들
비둘기처럼 날은다

하얗게 하얗게 구름처럼 날은다

잿빛 바람 일렁이는
검은 가시 빈 가지에도

비둘기들
매서운 겨울 알고 숨어버린
칼 얼음 날에도

-〈철모와 꽃양산〉 87쪽

서대문 공원에

姜 笑耳

봄날 아침
서대문공원 산책로에는
겨울나무 있다

십수 년 새순 돋지 않는
미루
불덩이 길어 올리던 눈물

이슬로 스러져간 이들
사랑한 죄인들
지문 자국

- 〈철모와 꽃양산〉 91쪽

길 잃은 편지

姜 笑耳

〈F. I〉
시낭송이 끝난 빈 강의실에
나비처럼 누군가의 가슴으로 날아들길 소망했던
목마른 말 조각 그림자
날개 편 적 없는 어둠 속을
날아다닌다 〈F.O〉

〈F. I〉
1936년 1월 중순
매서운 눈 휘몰아치던 무악재
서대문공원
통곡의 미루나무 밑동에 묻었던
페이지를 편 적 없는
붉은 연애편지에서
초롱새 한 마리 푸드득, 날아오른다
회색 빌딩 숲을 넘어
닫힌 당신의 가슴으로 〈F.O〉

- 〈철모와 꽃양산〉 94쪽

백범 김구를 그리며 앓다

姜 笑耳

겨울에서 봄으로 발길 옮겨
마음의 길에 계절 가는 줄 몰랐으니
그대 담겼던 풍경이 눈부시다

봄바람이 제 몸의 흔적을 매우며 걸어 들어와
어제와 오늘이 섞인다
서대문형무소에
상해 임시정부에서 시린 내 눈물 속으로 뛰어 오던 당신이
수년을 담겨있던 담장에 다시 봄볕이 주홍인데

등 꼿꼿이 세우고
5월 솜이불 속 신음하는 나의 고열은
구들 없는 얼음장 위에
피 뿜은 수인囚人의 신음소리만 하겠는가

당신 이곳, 봄볕 속에도 서릿날 꼿꼿하다

-〈철모와 꽃양산〉71 쪽

탐방하고 싶지 않은 곳. 서대문형무소 지하 감옥 안에 벽감옥과 고문 도구들과 밀랍인형으로 재현해 놓은 고문 장면을 보면서 지었던 시편들. 그것들을 모아 나의 두 번째 시집 「철모와 꽃양산」(2014년 1월, 범우사) 3부에 20편을 실었다. 그러나 그 시들이 독자들의 마음에

얼마나 공감이 되고, 사람들의 가슴에 파고들어 갔을지는 알 수 없는 일이다.

기억하고 싶지 않고, 생각하고 싶지 않은 아픈 역사. 그러나 결코 잊지 말아야 하는 역사의 페이지들이다. 과거의 역사를 들여다보면, 오늘이 보이고 내일이 보인다고 했다. 아프지만, 들쳐보고 싶지 않지만, 눈을 크게 뜨고 직시해야 하는 곳-서대문공원의 그 흔적들이다. 달짝지근한 아이스크림 같은 서정시를 쓰고 싶다. 시를 가장 많이 읽는다는 20대 젊은이들이 서점에서 나의 시집을 선택하여 그들 가방에 넣고 다니며 읽을 그런 시.

그러나 이곳에 살면서, 외면할 수 없는 감수성. 외면해서는 아니 되는 감수성으로 서대문공원에 대한 사유와 정서를 시로 형상화한 것들을 이곳에 다시 몇 편 더 기록한다. 이곳에서 목숨을 사르며 나라를 위해 순국하신 그분들을 위로하는 최소한의 예의-글 쓰는 이의 양심이라고 이름 짓고 싶다.

부활제復活祭 칸타타
-현저동 일기 1

姜 笑耳

아파트 부엌 창으로 내다보이는
서대문형무소 붉은 벽돌은
5월 녹음綠陰에
채색 투명한 수채화다

공원 연못에 연꽃 봉오리 머금고
맷돌 분수대에 물 뿜어
소나무 두른 연못으로 흘러
5월 목단 꽃 사이로
비둘기도 사람들 사이에 끼어 종종 거린다

굵은 대못 박힌 절구통 속에 곡식 대신 담겨져
우리 님들 육신 찢겨졌던 곳
신음소리 어디로 가고
유모차, 옹알이 아기 소리에 비둘기 날아오른다
광복절마다 독립공원 불꽃놀이, 하늘을 덮고
공원에서 들려오는 광복절 칸타타
천둥소리로 내 창을 뒤덮는다

형무소 터 가로 등불은 무엇을 비추고 있을까
창 안에 웅크리고 앉은
내 가슴까지 비춰 주려는 것인가

나뭇잎이 아직 덮지 않은 하늘 자리에 별빛이 곱다
-〈철모와 꽃양산〉79쪽

초혼제招魂祭
          -현저동 일기 2
                    姜 笑耳

1.
서대문형무소 지하 벽에 기대놓은 목관처럼
좁은 사다리꼴 나무형틀에
내 나라 넋 사람들
집어넣고 자물쇠 채웠다

옴짝달싹 목구멍으로만
[   ]를 외치면
고춧가루 물주전자 콧구멍에 쏟아 부었다

손목과 복숭아 뼈에 칼 씌우고
대나무 칼날로 손톱 밑을 쑤셨다
생명이 태어나는 곳을 부지깽이로
오줌구멍에 꼬챙이 꽂아 성냥불 그어댔지만
그래도 오직 한마디
[   ]
더욱 높여 한마디
[   ]

2.
죽여다오
죽여다오
차라리 죽여다오

3.
사형틀에 오르니
봄볕이 곱더라
차라리 하늘 볕이 곱더라
봄날은 꼭 오고야 말리라

4.
도리구찌 모자 눌러 쓴 노인들
압구정동이나 명동, 신촌이나 홍대 앞 카페거리에
일본 맛 라멘에 빠진 젊은이들
독립공원 잊고 사는 사람들
아직도
서대문형무소 지하에서 환청처럼
신음소리, [만세] 소리
핏자국 옷깃 끌며 지하계단 내려가는 원혼들
지금도 지하 벽에 검은 피로 새겨져있다

5.
혼자서라도
흰 옷 한 벌 다려 입고
찰랑찰랑 촛불 하나 다져 들고

서대문형무소 지하계단 오르내리며
초혼제 춤을 추고 싶다

-〈철모와 꽃양산〉80쪽

관 없는 무덤에 부처

姜 笑耳

서대문형무소
순국선열들 버려진 땅바닥에
햇살이 화살처럼 서 있다

사랑이 뭐 그리 큰 죄라고
죽은 몸
염殮도 않고 찢겨지고 부러지고 목 잘린 채
담 밖에 던져졌는가
여 저기 뒹굴다 풍장風葬되고
피 냄새 맡은 개들 모여 들었다

백두대간 금강송이라도 베어다가
관을 짜서 고이 안치해야 하리
사랑한 죄밖에 없는 저들
저들의 피 값으로,
꽃시절 살고 있는 우리들의 마음 조각
만분 일씩라도 떼어
함께 순장해야 하리

-〈철모와 꽃양산〉 84쪽

시구문 밖으로

姜 笑耳

찾지 못했다
혈관에 주사바늘 꽂을 자리조차
꽃물을 흘려보내야 하는데

내 몸에 혈관의 길이는 몇km나 될까
그 길 따라 흘러 심장에 이르면
힘찬 핏물이라 동맥 타고 발끝까지 흘러
두통을 앓힌 자리

서재필 동상 뒤 꼭지에라도 닿을 수 있을까

서대문형무소 지하 감옥에서 들리던
죽여다오
죽여다오
차라리 죽여다오
저 시구문 밖으로
어서 빨리 내보내다오
그들 심장, 뜨거운 피로도
데울 수 없었던 차가운 감옥
차라리 시구문 밖으로 보내다오

가는 길은 멀어
돼지고기 편육 썰듯

▲시구문 : 형무소에서 사형당한 죄수들의
시체가 나가던 문(아치형문)

님들의 살점 도려지고
석류처럼 거룩한 핏물 떨구고야
칭칭 철조망에 몸 감겨
흙바닥에 내동댕이처지고 나서야
그네들 시구문 밖 봄볕 한번 쏘이고
통곡의 미루나무에
눈물 한 바가지 쏟아 붓고 나서야
누구에게도 빼앗기지 않을 땅
하늘 땅 밟았을 것이다
저기 서대문형무소에 흐르던 혈관들.
내 혈관에는 무엇이 흐르고 있는가
주사바늘 꽂을 자리조차 없는데

- 〈철모와 꽃양산〉 92쪽

▲독립관 : 순국선열 위패(3000位 정도)가 봉안된 곳

통곡의 미루나무

每飯不忘(때반불망)
밥 먹을 때마다 나라를 생각하며 살자
참병하 참병하

우리는 어디로 가야할까?
쾌락의 놀이터일까?
저들의 발자취를 더듬는 길일까?

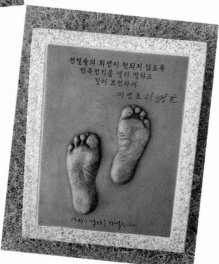

선열들의 희생이 헛되지 않도록
민족정기를 널리 받하고
길이 보전하세
이병호 이병호

봉원사
―독립운동과 개화의 선봉에 서 있던

1.

아파트 뒤, 안산 자락길을 따라 등산을 할 때면 봉원사 길로 내려오
곤 한다. 그렇게 해서 들르게 되었던 봉원사奉元寺. 이 절은 필자의 모
교에서도 가까운 탓에 학창시절에도 가끔씩 들렀던 곳이다. 불심이
깊어서 찾아간 것이 아니라, 절 주변의 풍경이 마음을 쉬게 했기 때문
이었다. 가을이면 가을대로 겨울엔 겨울대로 봄엔 봄대로…. 편안한
정원 같은 느낌을 주곤 했다.

그곳에 수십 번을 넘게 들렀어도, 필자에게 너무 먼 느낌이 든 것은
월간 [순국]에 글을 연재하고부터였다. "봉원사는 요즘과 달리, 그
당시만 해도 산이 깊어서 독립투사들이 그곳에 숨어서 독립운동을 하
곤 했었어요. 봉원사에 대해서 글을 써보세요." 편집국장님의 권유였
다. 6년 전에 연재를 맡아달라는 말과 함께 필자에게 해준 말이었다.
'여러 번 갔었어도 표지석이나 아무 흔적도 없었던 것 같은데…'라
는 생각을 하다가 한번 다시 가보자고 맘을 먹고 찾아갔다. 항일 역사
유적지를 찾아가면, 기념비나 기념관, 동상, 조형물, 사진 등 뚜렷한 증

9번째 방문으로 면담할 수 있었던 봉원사 주지스님

거물들을 전시해 놓는 것이 일반적이다. '아는 만큼 보인다' 는 말이
있다. 봉원사에 대해서 아는 것이 없어 아무 것도 보지 못했을지도 모
른다는 생각을 갖고 주지스님을 찾았으나, 만날 수가 없었다. 삼고초
려(유비가 제갈량을 3번이나 찾아가서야 제갈량이 맘을 돌렸다는 중
국의 고사)라고 했는데, 주지스님을 만나 뵙고 자세한 설명을 듣고 싶
다는 일곱 번의 소망은 받아들여지지 않았다. 종무소에 연락을 부탁
해도 마찬가지였다. 일곱 번째 방문하여 종무소를 나올 때 여직원의
한마디 "이동인 스님에 대해서 조사해보세요" 동행해주었던 친구는
"김동인이라구요?" 라고 반문했지만, 필자는 "김동인은 감자, 배따
라기를 쓴 소설가잖아" 라고 일축해버렸다. 이동인 스님은 소설가 김
동인이 아닌 것은 분명했다.

봉원사에서 내려와 바로 서대문도서관을 찾아 봉원사와 이동인 스님, 봉원사와 영조, 수경원, 대원군의 별장이었던 아소정 등…. 알지 못해서 보지 못했던 봉원사의 이모저모가 책을 통해서 확연히 마음을 파고들었다. 한나절 동안 시간이 가는 줄도 모르고 봉원사에 대해서 공부하고 또 공부를 했다. 꽤 재미있는 이야기들이 많이 얽혀있었다.

봉원사는 현재 연세대학교 내에 광혜원과 나란히 있는 수경원 자리에 지어졌다. 899년 신라 진성여왕 3년 도선국사에 의해 지어졌던 것이다. 지금부터 1116년 전의 일이다. 영조 24년에 사도세자의 친모 영빈이씨의 수경원을 조성하기 위해서 지금의 자리로 절을 이전하였다. 한국동란 때 절의 일부가 병화로 소실된 것을 복원했다는 기록도 있다. 이곳은 특히 한국태고종의 본거지라는 것도.

태고종파의 스님들은 결혼을 한다. 그래서인지 봉원사 주차장 주변에는 민가가 옹기종기 모여 사하촌寺下村을 이루고 있다. 재미있는 풍경이다. 그러나 봉원사는 임란과 호란 등 나라의 위기 때마다 승군으로 전장에 뛰어들었고, 항일운동과 독립운동에 헌신한다. 오래된 회화나무, 느티나무 등 서울시 지정보호수를 다섯 그루 가지고 있다는 것도 봉원사의 풍경을 더한다.

연대 동문東門, 이대 후문後門에서 언덕길을 15분 정도 걸어 올라가면 안산 산자락에 고즈넉한 봉원사를 만날 수 있다.

여행은 먼 곳이든 가까운 곳이든, 내 안에 파랑새를 찾아 떠나는 날

殿勒彌

한글학회 창립한 곳

이 곳 유서 깊은 봉원사는 우리 말
글의 연구와 교육 목적으로 1908년
8월 키월 국어연구 (지금의 한글 학
회)가 창립 종무를 이 곳으로 그 높은

봉원사 미륵전·한글학회 창립한 곳

개 짓이다. 30번을 넘게 들렀어도 보지 못했던 봉원사의 천년 묵은 이야기들…. 명부전의 현판 글씨는 조선의 개국 공신이었던 정도전이 썼다는 것. 명부전 기둥의 주련은 조선을 일본에 팔아넘긴 이완용의 글씨라는 것도 아이러니한 일이 아닌지? 마포 공덕리에 있던 홍선 대원군의 별장 아소정의 부재들을 모두 이곳에 옮겨 놓은 것도. 영조가 아끼던 영빈이씨(사도세자의 생모)의 수경원을 이곳에 두고자 했고, 영조가 왕실의 안녕을 기원하기 위해 자주 행차했었고, 그때마다 이곳 칠성각에서 잠시 머물곤 했었다는 것…. 이런 저런 이야기들을 주렁주렁 갖고 있는 곳이 봉원사다. 주지 스님을 만나 이야기를 듣지는 못했지만, 도서관에서 빌려온 책을 읽느라 밤을 꼬박 새우는데도 힘들질 않았다. 그 동안 목마르게 갈구하던 봉원사의 쌓인 이야기들이 흥미진지하게 한밤을 까맣게 태우게 했다.

그리고 마음을 사로잡는 봉원사에 관한 매혹적인 3가지 이야기를 발견했다. 첫째, 개화의 선구자였으며 독립운동가 서재필에게 막대한 영향력을 미친 이동인 스님이 봉원사에서 머무셨다는 것이다. 둘째는 한글학회 창립총회가 이곳에서 열렸다는 것이다. 셋째는, 그 당시 서대문형무소에서 가장 가까운 절이 봉원사였기에, 옥바라지하는 아낙네들이 형무소를 향해서 절을 하며 옥고를 치루고 있던 독립투사들의 무사無事를 기도하던 곳이었다는 것이다. 징으로 머리를 한 대 꽝 맞은 것 같은 먹먹함이 느껴졌다. 아니, 가슴이 아려왔다. 독립운동을 하다가 투옥된 사람들이 대부분 남자들이었을 것이고, 그의 부인이나 어머니가 밤새 옷을 다려 하루에 한번 있는 면회시간을 줄지어 기다렸을 풍경. 그리고 서대문형무소에서 안산을 넘어 봉원사에서 형무소를 향해 절을 하며 기도했을 풍경들…. 가슴이 저린다. 무사히 형刑을 마치고 출감을 하면 옥바라지와 기도의 보상을 얻은 것이지만, 모진 고문 끝에 신체를 상하거나 처형된 시신을 시구문 밖에서 받아들고 오열했을 여인들의 피눈물이…. 그리고 극락왕생을 위해 봉원사에 안치한 후 기도로 명복을 빌었을 그들. 송학선의 이야기도 그렇지 않은가? 송학선의 이야기는 다음 기회에 자세히 다루기로 하고, 그의 이야기를 요약하면 다음과 같다. 일본 총독을 살해할 생각으로 일본인 셋을 암살한 혐의로 서대문형무소에서 처형, 봉원사에 안치되었다는 기록이 있다. 가진 것도 배운 것도 없었다는 송학선의 애국심과 봉원사의 인연이다.

2.

이제 봉원사가 독립운동의 본거지가 되었던 이야기를 하기로 하자. 만해 한용운 선생은 스님의 혼인을 허용해 줄 것을 두 차례나 조선총독부에 건의했던 분이다. 그 이유 하나만으로도 만해 선생이 태고종의 중심인 봉원사와 무관하지 않을 것임이 분명하다. 이곳에 와서 유하기도 했을 것이다. 필자가 〈진관사 태극기〉에 대해서 쓴 글에서도 알 수 있듯이 백초월 스님은 진관사 칠성각 흙벽 속에 태극기 보따리를 숨겨놓은 독립운동가였다. 서대문형무소에 두 차례나 수감되었다가 병보석으로 풀려나면 몰래 숨어서 독립운동을 했던 백초월 스님. 그 백초월 스님이 진관사 소속이었으나, 봉원사 강주를 역임한 것만으로도 봉원사도 그 당시 독립운동의 구심점이었다는 것을 짐작할 수 있다. 지금과는 달리 봉원사는 그때 산이 깊었을 것이다. 독립운동을 하던 독립투사들이 은신처로 봉원사에 몸을 숨겼고, 일본 순사들의 눈을 피하기에는 사찰이 가장 안전했을 것이다. 그렇게 해서 임란과 호란 때처럼 구국 운동에 앞장섰던 역할을 일제 강점기 때도 봉원사는 묵묵히 담당해 왔다.

지금 봉원사 어디에도 독립운동에 관한 표지석 하나 세워져 있지 않다. 진흙 속에서 피어나 은은한 향을 내는 연꽃처럼 자신의 공로를 치사致辭하지 않고 침묵하는 꽉 다문 입술 같다. 말하지 않아도 진실은 드러나기 마련이다. 향을 쌌던 종이에서는 향내가 나고, 생선을 쌌던 종이에서는 비린내가 나는 법이다.

안산 자락 푸른 숲에 단청빛 지붕의 고고함을 볼 때면 마음이 편안해지곤 했었다. 그곳에 삼천불三千佛이 있다고 하여 불자佛者도 아니면서 들르곤 했던 봉원사.

봉원사 미륵전이 하얀색으로 된 서양식 건물이라는 것을 알아차린 것은 최근의 일이다. 봉원사의 하얀색 서양식 미륵전 건물에서 계단을 내려오면 표지석 하나가 명징하게 서 있다. '한글학회 창립한 곳'이라는 하얀 글씨가 까만 대리석 위에 쓰여 있다. 1908년 8월 31일 주시경 선생과 김정진 등 당대의 지식인들이 문맹을 깨치고, 주권을 지키고자 세운 민족학회이며 최초의 학술단체가 한글학회다. 1866년 병인양요(프랑스 함대가 강화도 침략), 1871년 신미양요(미국 함대가 강화도 침략), 1876년 강화도 조약(일본에 의해 불평등 조약), 1884년 갑신정변, 1894년 갑오개혁 등 구한말 어수선한 상황에서 한글 학회의 창립은 뜻 깊은 일이었다. 외세의 침략으로 우리의 자존이 흔들리고 정체성이 혼란스러운 때에 우리글을 연구하고 교육할 목적으로 한글 학회를 창립하여 민족의식을 고취하려는 거룩한 일이 아닐 수 없다. 그리고 한글학회는 일제강점기에도 우리글의 수호와 연구, 보급을 통한 민족정신을 불어넣는 일을 계속해 왔다. 창씨개명을 시키고, 우리글과 말을 쓰지 못하게 했던 일본의 민족 말살정책에 한글학회가 어떻게 대응했을 것이며 수난이 얼마나 컸는지는 짐작이 되고도 남는 일이다. 1942년 10월 일제에 의해 학회의 중요 인사가 모두 검거되거나 기소되는 '조선어학회 사건'이 벌어진다. 한글학회라는 명칭은 해방 후에 붙여진 이름이다. 조선어학회 사건으로 학회에 관련된 사람들이 투옥되고 학회 활동이 중단되었으나 광복 후에 다시 활동을 재개한다.

'그런데, 한글학회(그 당시 이름 조선학회)의 창립총회를 어째서 봉원사에서 했을까?'라는 의문을 필자는 떨칠 수가 없었다. 생각을 하고 또 거듭하다가 지인에게 의견을 물었다. "왜 하필이면 봉원사에서 한글학회 창립을 했을까? 그 당시 종로나 안국동, 북촌 등에서 지식인들이 모이곤 했을 텐데…." "모르지, 난 한글학회에 관심 없어."라는 지인의 답변이었다. 불통不通의 벽이 느껴졌다. "자기도 한국 사람이잖아? 시골에서 농사짓는 농부들도 오징어를 잡는 어부들도 우리글에는 관심을 갖고 있을걸."이라며 말을 마무리했지만, 섭섭하고 실망스럽지 않을 수 없었다. 이 시대 엘리트라고 자처할만한 사람에게서 들은 답변. 어쩌면 이 시대 우리들 대부분은 한글에 관심이 없을지도 모른다. 그래서 우리말 대신 외래어를 더 즐겨 쓰고, 우리 것 대신 외제를 더 선호하며 우리를 외국에 내어주는지도 모르겠다. 외래어를 써야 더 유식해 보이고 그럴 듯 해보여서…. 구한말 깊은 산, 봉원사 절에서 모여 한글학회(조선어학회)를 창설하고 마음을 졸여가며 일제강점기 때 우리말 사전을 편찬하려다가 일제에 검거되어 옥고를 치렀던 몇몇 사람들만 우리글을 사랑했을까?

　궁궐에서 가까운 사찰이라 왕실의 안녕과 국가의 안녕을 비는 왕실 사찰을 담당했음도 위에서 살펴보았었다. 거기에서 그치지 않고, 나라가 위급할 때마다 나라를 구하는 일에도 일익을 담당하여 독립운동과 우리글을 지키려했던 한글학회 창립의 장(場)까지.

　3.
　이동인 스님은 봉원사에서 자랐다. 일찍이 한강에 나타난 프랑스 군함에 충격을 받고 일찍부터 개화사상에 눈을 뜨게 되었고, 당시 실학과 개화사상의 정점에 있던 박규수, 역관인 오경식, 의사인 유대치 등 개화파 인사들과의 교유를 통해 서양 각국에 대한 지식을 얻고 어둡고 낙후된 조선을 문명된 나라로 변화시키기 위해서 개화 이외에는 다른 방법이 없다고 믿게 돼 1879년 일본 유학에 오른다. 일본과 교류가 없던 상황에서 일본 본원사本願寺 승려의 도움으로 밀항길에 올랐던 것이다. 30세 전후의 나이였다. 메이지유신 이후 막강한 국력을 갖게 된 일본이 1875년 강화도에서 무력시위를 벌이고, 1876년에 강화도 조약을 맺는다. 불평등조약이라는 것을 위에서도 언급한 바 있다. 밀려드는 외세의 격랑 속에서 갈피를 잡지 못하다가 김홍집 일행을 일본에 보내게 된다. 신사유람단의 이름으로 일본의 국정을 살피기 위함이었다. 그 보다 먼저 이동인 스님은 일년 가까이 일본에 체류하면서 국제 정세를 파악하고 일본어도 유창하게 할 정도로 눈이 떠 있었다. 1880년 김홍집이 이동인을 고종황제와 명성황후에게 데려갔고, 이동인 스님은 고종황제의 총애를 받게 된다. 나라를 지키려면 일본뿐 아니라 미국과도 수교해야 함을 역설하여 국왕의 동의를 받아내게 된다. 2차로 김홍집과 일본에 건너가 개화정책에 커다란 영향력을 발휘한다. 그의 노력으로 1881년 1월 정부 내에 6조를 대신해서 통리기무아문이라는 근대적 행정조직이 신설되기도 한다. 나라를 지키기 위해 대포, 군함의 구입이 급선무였기에 일본의 총포와 선박 구입을 위해 도일渡日 준비를 하던 중 행방불명이 된다. 1881년 4월경이었다. 그가 거처하던 민영익의 집에서 어떤 사람을 따라 나섰다가 생긴 일이라고 한다. 훗날 그의 행방불명은 암살되었을 것으로 추측하는 소리들이 높아졌다. 그의 선각자적인 움직임을 시기하거나 두려워하는 누군가가 그를 제거한 것이 아닐까하는 것이다. 두각을 나타내는 별은 떨어뜨리고 부러뜨려야 직성이 풀리는 것이 인간의 본성인가 보다.

그는 행방불명되었지만, 그가 김홍집이나 박영효, 서재필에게 미친 정신적인 영향력은 막대했다. 갑신정변의 주역들에게 정신적인 영향 또한 지대했다. 그가 살아있을 때, 김옥균이 서재필을 데리고 봉원사에 놀러갔을 때의 일이다. 이동인 스님이 가진 선각자적인 의견에 매료된 그들은 이동인 스님이 일본에서 구해온 일본 서적을 더 읽어보고자 했고, 김옥균은 돈까지 주며 일본에서 선진 서적을 더 구해줄 것을 부탁한다. 두어 달 후, 일본서적과 성냥, 일본의 선진 문물에 관한

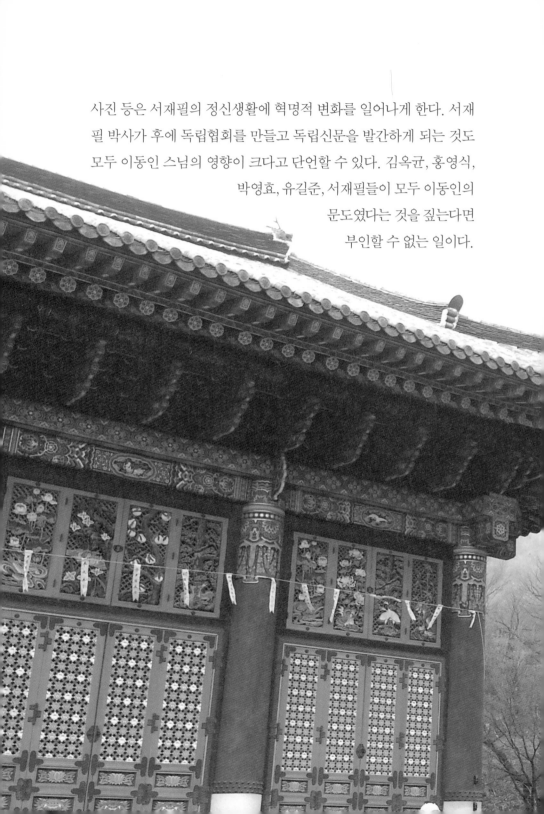

사진 등은 서재필의 정신생활에 혁명적 변화를 일어나게 한다. 서재
필 박사가 후에 독립협회를 만들고 독립신문을 발간하게 되는 것도
모두 이동인 스님의 영향이 크다고 단언할 수 있다. 김옥균, 홍영식,
박영효, 유길준, 서재필들이 모두 이동인의
문도였다는 것을 짚는다면
부인할 수 없는 일이다.

한 사람의 깨인 사상과 선각적인 인도가 이렇듯 역사의 커다란 나침반이 되었음을 보여주는 좋은 예라고 할 수 있을 것이다.

누군가 그의 생물학적인 목숨을 끊어냈을지는 몰라도, 그의 선각 정신은 끊어내지 못했다. 낙숫물이 바위를 뚫듯이 그는 일제 강점기 때 독립운동의 모태가 되었다.

봉원사 대웅전 지붕에 단청이 보고 싶어지는 날이다. 처마 끝에 매달려 바람에 조용히 울리는 풍경 소리가 안산을 넘어 은은히 퍼지는 것 같다.

봉원사 3천불전 단청과 풍경

경주에서 온 편지
―용담정(최제우 선생)

그 곳에 갔을 때는 봄이 한창 익어 있었다. 자목련과 영산홍, 빨간 튤립 등 붉은 꽃들이 초록 잎들과 어우러져 푹 익은 봄날의 향연을 연주하는 것 같았다. 방문객이라곤 우리 일행 둘뿐. 자목련 곁에 서 계신 수운 최제우 선생 동상을 지나 팥죽빛 나무문을 들어섰으나 사람 발자국은 찾을 수 없고, 초록의 봄빛만 가득했다. 구미산 자락에 자리한 고즈넉한 곳.

푹 익은 녹음綠陰 속을 걸어 한참을 올라갔다. 시멘트는 전혀 보이지 않고, 나무와 기와 그리고 흙길….

80노구老軀의 할아버지 한 분이 지저분할 것도 없는 고운 흙길을 마당비로 쓸고 계셨다. 길 양옆에 심어진 벚나무에서 떨어지는 분홍 꽃비를 쓸고 계신 것이다. 깡마른 체구의 휜 허리로 왜 그 일을 하고 계신지 의아했다. 길 위에 분홍빛 꽃잎이 쌓이면 더 운치있고 멋있으련만. 아무도 없는 용담정에서 사람을 만난 것이 반가운 마음에 할아버지에게 말을 걸었다. "할아버지, 왜 힘들게 길을 쓸고 계세요?"

"길을 쓰는 것이 아니라, 내 마음을 쓸고 있다오."

용담정 오르는 길에 꽃길

"네에, 이 길로 가면 손병희 선생님의 기념관 같은 것이 있나요?"

"손병희 선생은 우이동에 있고, 이 길을 올라가면 최제우 선생의 영
정이 모셔져 있다오. 풍광이 멋있으니 올라가 보구려."

10분 정도 산길을 오르니, 용담정이라는 현판을 가진 기왓장이 얹어
진 단아한 한옥이 나왔다. 창호지가 발라진 문을 열어보니 최제우 선
생의 영정이 유리액자 속에 말없이 침묵하고 계셨다. 동학을 만들어
내신 분이 이 시대 우리들에게도 무엇인가 말해줄 것이 많으실 것 같
다는 느낌을 갖고 한참을 툇마루에 앉아 명상에 잠겨 보았다. 용담정
옆으로 계곡이 흐르는지 계곡 물소리가 퍽이나 힘차게 들렸다. 마치
웅장한 관현악 협주곡을 듣는 느낌이었다.

시인협회 40여명의 문인들과 함께 내려갔던 경주 여행. 일행들과 함께 서울로 올라오기에는 경주에 대한 아쉬움이 남아, 나 혼자 경주에 남았다. 뭔가 색다른 곳을 보고 싶어, 경주에 계신 지인의 안내로 가게 된 곳이 현곡면 구미산 국립공원에 있는 용담정이다.

이곳에서 수운 최제우 선생이 한울님으로부터 도道를 받고 종교체험을 했다고 한다. 양반, 천민의 구별 없이 모든 사람은 마음에 한울님을 모시고 있기에 모든 사람이 평등하다는 시천주侍天主의 가르침은 그 시대 혁명이었을 것이다. 1860년도의 일이니, 구한말 신분 질서가 엄격하던 시대에 그것은 천민들에게는 환영받을만한 해방의 메시지였을 것이다. 그러나 특권을 누리던 양반들 즉 관료들에게는 현실 사회의 기본 질서를 뒤흔드는 반역이며 반란과도 같은 것이었을 것이다. 해서 용담정엔 도道를 듣기를 청하는 사람들이 연일 찾아와 북적이게 되었으나, 그는 1864년 3월 10일에 대구 장대將臺에서 좌도난정

左道亂正의 죄명으로 참형을 당한다(당시 41세). 그가 가르침을 폈던 것은 4년 동안이다. 그러나 그의 가르침은 2대 교조 최시형을 이어 3대 교조 손병희 선생에게 계승되어 3·1 독립 운동의 정신적 메카의 원천이 된다. 그의 가르침 중에 하나인 보국안민輔國安民 및 광제창생 光濟蒼生이 면면히 이어져 독립운동 정신의 뿌리가 되었던 것이다. 참형에 처하여, 목숨이 끊어졌어도 그의 참된 가르침이 세월을 뛰어넘어 강한 운동력으로 큰일을 해낸 것을 보면, 옳은 가르침에 대해 고개가 숙여진다. 이글을 쓰는 나는 천도교 신자는 아니지만, 천도교의 가르침이 옳다는 생각이 든다.

구한말, 19세기 중엽은 서양 열강들에 의해 위협적인 통상通商이 요구되던 시기였고, 새로운 세력인 서학에 의하여 조선은 정치, 사회, 문화적인 혼란기였다. 서양 세력이 동양을 침범하며 위기에 몰리는 것은 조선만의 문제는 아니었을 것이다. 이런 때에 조선인이 독창적인 종교적 깨달음으로 우리의 종교를 세운 것은 갈채를 보낼만한 일이었다. 인도에서 만들어진 불교, 이스라엘에서 만들어진 기독교(서학)가 동북아시아 작은 땅, 조선을 침식시키고 있을 때 우리 나름의 인내천 사상, 시천주 사상은 매우 자랑스러운 일이었다.

사람이 곧 하늘이라는 믿음, 누구나 사람마다 마음에 하늘을 모시고 있으니 차별 없이 존중받아야 한다는 사상, 게다가 국가와 민족을 보전하고 모든 백성이 편안하게 살 수 있는 길을 열어가자는 사상은 모든 사람을 감동시킬만하다. 우리 민족이 이런 동학사상을 갖고 있다는 것은 우리 민족의 저력이다. 참된 가르침이기에 최제우 선생의 가르침은 손병희 선생에 의해 1919년 3월 1일에 역사적 대업을 해냈다고 여겨진다.

물론, 민족대표 33인 중에 불교계의 인사가 2명, 감리교계가 9명, 장로교계가 7명, 천도교계가 16명이었고 손병희 선생이 주도적인 역할을 했던 것에 대해서는 아무도 부인할 수 없는 일이다.

독립선언서를 최남선(시인이며 역사학자)이 자청하여 썼다고 하지만, 선언서의 대원칙과 기본틀과 방향을 마련해서 지시한 분은 손병희 선생이다. 또한, 선언서 원고는 손병희 선생이 조직했던 진보회의 동지, 오세창에 의해 천도교에서 경영하는 보성인쇄소에서 인쇄 후 천도교당으로 옮겨졌다. 28일 아침부터 천도교당에서 전국에 배포, 3월 1일 서울과 전국 주요 도시에서 일제히 선포되었다. 민족대표 33인에 이름을 적고 서명을 할 때도, "목숨을 버리고 죽으러 가는 길인데, 내가 먼저 하겠소" 하며 가장 먼저 나서서 서명을 한 분도 손병희 선생이다. 이러한 용기와 결단, 추진력 등은 나라를 사랑하는 마음, 곧 보국안민과 광제창생의 가르침에 대한 실천이었을 것이다.

얼마 전, 서울 종로 탑골 공원에 들렀을 때였다. 공원 안으로 들어서자마자 손병희 선생의 동상이 눈에 들어왔다. 6월인데도 꽤 따가운 햇볕이 내리쪼이고 있었다. 햇살이 따가웠지만 동상 옆에 새겨진 안내문 글씨들을 모두 읽어야할 것 같았다. 큰일을 하신 분에 대한 최소한의 예의라는 생각이었다.

손병희 선생은 동학을 천도교라는 이름으로 고쳐 부르게 하고, 우이동에 봉황각을 지어 천도교 지도자들에게 역사의식을 심어주는 교육을 했으며, 3·1 독립운동을 주도하다 서대문형무소에서 옥고를 치루셨다고 안내문은 말해주었다. 옥중에서 고문으로 병환을 얻어 병보석으로 출감되었지만, 1922년 우이동 상춘원常春園-선생의 별장에서 사망했다고….

　동학의 1, 2대 교조가 모두 경주 출신의 태생인데 비해, 3대 교조가 되었던 손병희 선생은 충북 청원 출신이다. 세금을 징수하는 향리의 아들로 태어나 조카의 권유로 동학에 입도한 것은 1882년, 21세 때였다. "모든 사람이 평등하다"라는 교리에 이끌렸기 때문이었다. 그는 젊은 시절 호방했던 일상생활을 일시에 청산하고, 매일 짚신 두 켤레씩 만들어 청주場에서 팔며 동학의 가르침대로 수련에만 집중했다. 또한 익산 사자암, 풍천 용문사 등에서 종교적인 수행에 힘쓴 것은 훗날 여러 일을 해내는 원동력이 된다. 1894년 동학농민 운동 때 동학군의 통령이 되어 북접 소속으로서 전봉준을 맞서 싸운다. 자신에게 포교했던 손천민이 처형되자 중국으로 피신, 안경장수로 변장하여 1901년 일본으로 망명한다. 1906년 귀국 후 교령자리를 박인호에게 승계하고 교육사업과 출판 사업에 관심을 쏟으며 10여 년 동안 3·1 독립운동을 준비한다.

　탑골 공원에 갈 때마다 그곳에서 1919년에 학생, 시민들 5,000여명이 모여 독립만세를 외쳤던 곳이었다는 역사적인 곳으로만 기억하곤 했다. 경주 용담정에 답사여행을 하고, 탑골 공원을 보니, 손병희 선생의 동상도 담에 조각되어있는 부조물들도 예사롭게 보이질 않았다.

방문할 때마다 무관심했던 담벽이었다. 독립 만세 시위를 조각으로 생생하게 재현해 놓은 담벼락을 따라 걸으니 담장위에 파란 하늘이 내려와 있다.

공원 문을 나오자 따가운 햇살에 여전히 눈이 부셨다. 종로 거리의 인파 속에는 그 때의 함성을 생각하며 지나가는 이들이 있을지? 탑골 공원 담밖에는 그저 외국 브랜드 커피 전문점들이 여기저기서 커피 향을 흘리고 있었다. 우리 나름으로 자생적으로 만들어졌던 동학, 서양 세력에 반대하는 기운과 종교 사상은 탑골 공원 담 안에서만 벽에 둘러져 갇혀있는 것은 아닌지? 안타까운 마음을 가져본다. 우리 것을 지키려 몸부림쳤던 우리 선열들이 목숨을 사르며 지켜내고자 했던 것이 무엇이었는지를?

여기 탑골 공원에 서 계신 손병희 선생이나, 경주 용담정에서 혼자서 계신 최제우 선생이 참 외로우실 것 같다는 생각이 들었다. 그러나 그들은 죽지 않았을 것이다.

1,000년 전 신라의 문화유산에 힘입어 경주는 신라의 대명사로 여겨지기도 한다.

경주 현곡면 구미산에서 최제우 선생
이 남기고 간 편지는 우리 민족의 주체
적인 동학사상으로 손병희 선생에 의
해 거국적인 독립운동의 기폭제가 되
었고, 3·1 운동의 정신적인 모태가 되
었다는 것도 경주에서 온 편지이리라.

독립운동가 숨을 만나다 2

2020년 8월 20일 초판 1쇄 인쇄
2020년 8월 25일 초판 1쇄 발행

저 자 | 강 소 이
발행인 | 이 승 한
편집인 | 이 수 미
발행처 | 엠-애드
등 록 | 제 2-2554
주 소 | 서울시 중구 마른내로 8길 30 2층
전 화 | 02) 2278-8063/4
팩 스 | 02) 2275-8064
이메일 | madd1@hanmail.net

ISBN   978-89-6575-131-1

값   15,000원

「이 도서의 국립중앙도서관 출판예정도서목록(CIP)은 서지정보유통지원
시스템 홈페이지(http://seoji.nl.go.kr)와 국가자료공동목록시스템(http://
www.nl.go.kr/kolisnet)에서 이용하실 수 있습니다.
(CIP제어번호 : CIP2020034810)」